로크미디어가
유혹하는
재미있는 세상

ROK
MEDIA
로크미디어

하북평가
검술천재

하북팽가 검술천재 2

2022년 4월 12일 초판 1쇄 인쇄
2022년 4월 15일 초판 1쇄 발행

지은이 이도훈
발행인 김정수 강준규

기획 이기헌 왕소현 박경무 강민구
책임편집 주현진
마케팅지원 이원선

발행처 (주)로크미디어
출판등록 2003년 3월 24일
주소 서울시 마포구 성암로 330 DMC첨단산업센터 318호
Tel (02)3273-5135 **편집** (070)7860-2726 **Fax** (02)3273-5134
홈페이지 rokmedia.com **E-mail** rokmedia@empas.com

ROK
MEDIA
로크미디어

이도훈 신무협 장편소설

②

하북팽가
검술천재

차례

결자해지 (2)   7

믿습니까?   55

싸움의 법칙   93

사마귀 뒤 참새, 그 뒤에 독수리   143

그림자 무사   207

권한을 주시죠   255

결자해지 (2)

한빈은 다시금 허공을 바라보았다.

비급의 첫 장을 보니 공(功)이라는 글자가 아홉 개로 줄어들어 있었다.

열두 시진이 지나면 다시 원상 복구된다는 설명과 함께.

한빈은 앞으로 배울 초식에 대해서 상상하며 입맛을 다셨다.

잠시 후.

한빈이 접객당에서 서책을 펼쳐 놓고 차 한 잔을 마시고 있을 때, 무소율과 그녀의 총관이 들어왔다.

흠씬 두들겨 맞은 데 비해 무소율의 상태는 그리 심각하지 않았다.

한빈은 고개를 갸웃했다.

이상하게도 처음 봤을 때의 살기는 어디에도 찾을 수 없었다.

"참교육의 힘인가?"

한빈의 말에 무소율이 두 눈을 크게 떴다.

"지금 뭐라고 했어요?"

"아닙니다. 이제 내기를 이행해야겠지요."

"네, 당신의 뜻대로 파혼은 없던 일로 하겠어요. 대신……."

무소율이 말끝을 흐렸다.

파혼을 없던 일로 한다는 것은 탐탁지 않았다.

하지만, 자신을 꺾은 사내가 이제까지 있었던가?

무소율은 한빈을 인정하고 양보하기로 결심했다.

그때 한빈이 다급하게 외쳤다.

"잠시만요! 방금 누구의 뜻이라고 하셨습니까?"

"지금 저하고의 약혼을 이어 나가고 싶으신 거잖아요."

무소율이 살짝 고개를 기울였다. 그 모습에 한빈이 어이없다는 듯 입을 열었다.

"왜 그리 생각하셨습니까?"

"아닌가요? 그래서 그렇게 목숨을 걸고 저를 제압하신 거고요."

무소율이 선심 쓰듯 팔짱을 끼며 한빈을 바라봤다.

그 모습에 한빈은 고개를 갸웃했다.

무소율의 분위기가 변했기 때문이다.

한빈은 바로 의문을 지우고 용건을 말했다.

"그게 아닙니다. 저는 무소율 소저와 파혼하고 싶습니다."

한빈의 말에 접객당 내부가 술렁이기 시작했다.

웅성대는 좌중을 둘러본 한빈이 손바닥을 보이며 진정시킨 후 말을 이었다.

"저는 저보다 약한 여인은 싫습니다."

"네? 그게 무슨……."

무소율은 말을 잇지 못했다. 항상 자신이 해 오던 말이었다. 그녀의 눈이 단번에 보름달처럼 커졌다.

한빈은 그녀의 표정에는 아랑곳하지 않고 말을 이었다.

"그리고, 당신 동생 무소위의 일은 없던 일로 하겠습니다. 대신 무소위가 하북의 망나니란 이야기가 제 귀에 들리면 저는 언제든 달려가겠습니다."

"무씨검가와 척을 지려고 하시는 건가요?"

"아닙니다. 하북에 저보다 악명이 자자한 친구는 두고 볼 수 없습니다. 하북의 망나니는 제가 되어야 마땅하니까요."

이 발언에 모두가 술렁였지만, 한빈은 진심이었다.

하북팽가의 수치, 하북의 최약체라는 별명에서 벗어나려면 악명을 얻는 것이 더 빨랐다.

"……."

무소율을 아무 말 없이 한빈을 바라봤다.

이상한 일이었다.

남에게 무시당하면 참지 못하는 자신이 아무렇지도 않다는 것이 이해가 안 되었다.

다만, 한빈에 대해서 호기심이 일 뿐이었다.

그녀의 눈빛을 받은 한빈이 자리에서 일어났다.

"그럼 이만 일어나시죠, 소저. 이제부터 저에 대해서 신경 쓰지 마시고 혼처를 구하시면 됩니다."

말을 마친 한빈은 자리에서 일어났다.

순간 한빈이 인상을 와락 구겼다.

가문의 도객들과 비무에서 입은 상처가 벌어진 것 같았다.

아무래도 새로운 초식을 쓰며 몸에 무리가 간 느낌이었다.

한빈의 옷에 핏물이 비쳤다.

적색 무복의 밖으로 삐져나오는 피.

멀리서 봤다면 구분이 안 됐겠지만, 가까운 거리에서 이를 눈치채지 못할 이는 없었다.

한빈의 무복에 비친 피를 본 무소율이 고개를 갸웃했다.

자신의 검은 한빈의 옷깃도 스치지 못했다.

'그런데 저렇게 피가 비친다니?'

의문도 잠시 무소율은 자신의 비기인 비녀 단도가 그에게 닿았다 확신했다.

무소율은 속으로 되뇌었다.

'내 검이 그의 심장에 닿았으니 이건 비긴 거야!'

무소율이 눈매를 좁힌 순간, 상처가 더 벌어졌는지 한빈의 상의가 피로 물들었다.

이 때문에 한빈이 입은 적색 무복이 더욱 붉어졌다.

지금의 상처는 용린검법의 기본편에 있는 회복 구결로도 치유되지 않았다.

가문의 도객에 이은 무소율과의 비무.

연이은 대결에 한계를 넘어선 것이다.

한빈은 피가 물들거나 말거나 아무렇지도 않게 무소율을 향해 포권했다.

"죄송합니다, 소저. 저는 이만 물러가 보겠습니다. 총관님, 접대를 부탁드립니다."

한빈의 정중한 태도에 무소율 옆에 있던 무씨검가 총관은 눈살을 찌푸렸다.

금지옥엽의 무소율을 저리 팬 남자는 한빈이 처음이었다.

그래 놓고 언제 그랬냐는 듯 저리 정중하다니!

그게 더 기분이 나빴던 것이다.

그때 한빈이 뭔가 생각난 듯 말했다.

"총관님, 이제 할 도리를 다 한 것 같습니다. 결자해지라 했습니다. 매듭은 묶은 사람이 푸는 법. 저는 매듭을 다 풀었다고 생각합니다."

"허."

총관 이설영은 한숨을 토해 냈다.

결자해지(結者解之)라?

결자는 몰라도 해지는 전혀 아니었다.

결자에 결자를 더한 형국이었다.

하지만, 자꾸 웃음이 나오려는 것은 왜일까?

그만큼 오늘 일은 시원했다.

총관의 업무를 수행하며 쌓였던 체증이 다 내려가는 것만
같았다.

이설영이 웃는 것도 아니고 우는 것도 아닌 묘한 표정을
지을 때, 한빈이 다시 말을 이었다.

"총관님, 손님 접대 잘 부탁드립니다."

무소율 일행을 부탁한 한빈은 자리를 떠났다.

한빈이 자리에서 사라지자 무소율이 다시 코웃음을 쳤다.

"훗, 상처로 보면 비긴 것이 아닌가요? 제 검이 닿지 않은
줄 알았더니 의외로 심각한 상처를 입혔군요."

자신의 총관에게 묻는 것이었다.

무씨검가 총관도 조용히 고개를 끄덕였다.

그 역시 한빈의 상처가 이번 대결에서 입은 것이라 확신했
다.

"맞습니다. 아가씨. 어찌 보면 아가씨가 손 속에 사정을 둔
것이지요."

북 치고 장구 치고 하는 그들의 모습에 하북팽가의 총관 이설영이 끼어들었다.

"말씀 중 죄송하지만, 저희 막내 공자님은 두 시진 전 팽가의 도객 다섯 명과 연속으로 비무를 벌이셨습니다."

"......."

무소율은 아무 말 없이 입을 벌렸다.

동시에 한빈과 자신의 비무를 복기하며 전후 사정을 기억 속에서 떠올렸다.

그는 두 시진을 늦었다.

그럼 도객과의 비무 때문에?

동시에 한 가지 가정이 자신의 머릿속을 어지럽혔다.

'만약 자신이라면?'

하지만, 의문도 잠시 무소율은 해답을 찾았다는 듯 이설영을 바라봤다.

"고작 이류 도객 따위는 저도 상대할 수 있어요."

이것이 무소율이 찾은 해답이었다.

이류 정도의 무인과 비무를 한다?

열 명이라도 두렵지 않았다.

옆에 있던 무씨세가의 총관도 고개를 끄덕이며 웃었다.

"하하."

그들의 모습에 하북팽가의 총관 이설영이 눈살을 찌푸렸다.

그것도 잠시 그는 웃음을 터뜨리려다 급하게 손으로 입을 가렸다.

"……흠."

총관 이설영은 미안한 표정을 이었다.

총관이라는 신분도 잊은 채 손님에게 의도치 않게 웃음을 보인 것이다.

무소율이 기분 나쁘다는 표정으로 물었다.

"왜 웃으시죠?"

"이류 도객이 아니라 절정을 앞둔 일류 둘에 절정 도객이 셋이었습니다."

총관 이설영은 왼손으로는 손가락 두 개, 오른손으로는 손가락 세 개를 폈다.

"네?"

무소율이 눈을 크게 뜨자 이설영이 말뚝을 박듯 확언했다.

"말씀드린 그대로입니다."

무소율이 어깨를 가늘게 떨며 자신의 총관을 바라봤다.

"거짓말이겠죠?"

"……."

무씨검가의 총관은 아무 말도 못 하고 애먼 천장을 올려다봤다.

그들의 모습을 본 하북팽가의 총관 이설영은 표정 관리를 위해 차를 들이켰다.

찻잔에 담긴 물이 살짝 떨렸다.

이설영은 터져 나오려는 웃음을 참고 있던 것이었다.

무소율의 시선이 천천히 돌아갔다.

그녀의 시선은 한빈이 나간 문에 머물렀다.

❧

처소로 돌아가던 한빈은 고개를 갸웃했다.

근처에서 기가 느껴졌기 때문이었다.

그때 철노가 달려왔다.

"공자님! 괜찮으신 겁니까?"

"왜 이리 호들갑이야? 철노."

"무씨검가에서 공자님을 죽이려고 비무를 한다고 해서 급하게 달려왔습니다."

"철노가 막아 주게?"

"그건 아니지만요……."

철노가 말끝을 흐릴 때 소대섭과 심미호도 달려왔다.

"주군, 괜찮으십니까?"

"주군!"

"그만합시다. 난 괜찮으니."

한빈은 근처에서 느꼈던 기를 그들이라 생각하고 다시 처소로 향했다.

한빈이 접객당에서 멀어질 때 접객당의 뒤쪽에서 두 개의 그림자가 나타났다.

　"셋째, 아까 그놈 비무 봤는가?"

　"네, 봤습니다. 그런데 폐관하신다고 가시지 않았습니까? 형님."

　"소란이 일어나서 한번 확인했다. 그런데……."

　"왜 그러십니까?"

　"한빈이가 쓴 마지막 초식 말이다……. 아니야, 됐네."

　팽강위는 손을 저었다.

　팽대위도 그에 맞춰 고개를 저었다.

　무엇을 물어보려는지 팽대위도 알고 있지만, 한빈이 쓴 마지막 초식은 도저히 알 수 없었다.

　팽대위가 고개를 갸웃하며 가주 팽강위를 바라봤다.

　"형님, 녀석의 성격이 많이 변한 것 같습니다."

　"성격이라?"

　팽강위가 눈매를 좁혔다.

　한빈의 성취만 생각했었다.

　팽대위의 말을 듣고 보니 한빈이 오늘 보여 준 모습은 마치 악귀를 생각나게 했다.

　'무엇이 녀석을 변하게 만들었을까?'

　팽강위는 바로 의문을 지웠다.

　강해지는 데 이유는 필요하지 않았다.

그날 밤, 하북팽가 별채 중 한 곳에서 웃음소리가 터져 나왔다.

웃음의 주인은 가주의 둘째 부인인 정화 부인.

그녀는 뭐가 그리 좋은지 입가에 가득 웃음을 띠고 있었다.

"호호. 막내가 그렇게 복을 걷어찼다는 거지?"

"네, 어머니."

몸을 겨우 회복한 이 공자 팽경빈이 고개를 숙였다.

"복을 그리 걷어차다니! 아직 어리구나."

"네, 맞습니다."

"그런데, 막내의 무위가 그리 놀랄 정도였더냐?"

"주변에서 들은 바에 의하면 내공은 그리 강하지 않으나 공격이 노련했다고 합니다."

말을 마친 팽경빈은 자신도 모르게 자신의 팔을 힐끔 봤다.

달아났다는 한빈의 말이 아직도 신경 쓰였기 때문이다.

그때 정화 부인이 말했다.

"알았다. 이젠 신경 쓰지 말아라."

"네, 어머님."

"그만 가 보고."

"네, 편히 쉬십시오."

팽경빈이 처소를 빠져나가자, 정화 부인은 조용히 서책 한 권을 꺼냈다.

그녀는 책장을 한 장 한 장 넘겼다.

예쁜 난들이 책장을 넘길 때마다 있었다.

이 책은 정화 부인의 화집이었다. 그녀가 그린 난을 책으로 묶어 놓은 것이다.

그런데 책을 넘기는 정화 부인의 눈빛이 심상치 않았다.

책장을 넘기던 정화 부인의 손이 멈췄다.

그곳에는 다른 곳보다 더 많은 난이 그려져 있었다.

정화 부인은 펼쳐 놓은 책 위에 다시 난을 그렸다.

휙.

붓놀림이 마치 칼을 긋는 것처럼 예리하다.

정화 부인은 자신이 그린 난을 바라봤다.

그곳에는 숫자 사가 적혀 있었다.

자세히 보면 그곳에 적힌 숫자는 사뿐이 아니었다.

자식을 나타내는 일, 이 등의 숫자가 책장의 순서대로 있었다.

이것은 정화 부인의 버릇이었다.

앞으로 눌러야 할 상대를 화선지에 써 놓고 그걸 난을 치듯 긋는 것이다.

난 하나하나를 치며 그녀는 마음의 칼날을 세웠다.

이제까지는 그녀의 살생부에 이름을 올릴 필요가 없었던 한빈이지만, 오늘 처음으로 그녀의 관심을 받게 된 것이다.

정화 부인이 다시 난을 바라봤다.

하북팽가의 직계는 네 명.

그런데 왜 난에 있는 숫자는 더 많을까?

이유는 의외로 간단했다. 그녀가 가지고 싶은 것에는 하북 팽가뿐 아니라 친정인 하남정가도 포함되어 있기 때문이다.

하북의 직계 중 이제 멀쩡히 남아 있는 난은 이(二)와 삼(三)이다.

이 공자와 삼 공자는 자신의 자식이지만, 그 난을 바라보는 정화 부인의 눈빛은 그리 탐탁지 않았다.

그녀의 야심을 채워 주기에는 자신의 아들 둘 다 부족하다 생각해서였다.

정화 부인이 자신이 친 난을 감상하고 있을 때였다.

그녀의 눈썹을 꿈틀했다.

동시에 내뻗는 손.

휙.

붓이 허공을 가르고 창문을 향했다.

문틈을 빠져나간 붓이 뭔가에 적중했다.

퍽.

정화 부인이 재빨리 달려가 창문을 열었다.

그곳에는 빗자루가 쓰러져 있었다.

낮에 청소한 후 옆에 세워 놓은 것처럼 보였다.

"내가 요즘 예민해지긴 했어. 휴, 찬 공기가 피부에 좋지는 않지."

한숨을 내쉰 정화 부인은 창문을 닫았다.

탁.

너무 세게 닫았는지 창문이 부르르 떨린다.

그것은 요즘 정화 부인의 심정을 말해 주는 것이었다.

난데없이 튀어나온 막내 공자가 정화 부인의 신경을 긁고 있었다.

부르르 떨리는 창문 아래의 검은 그림자가 스르르 사라졌다.

사라진 그림자는 대나무 숲으로 들어가서 복면을 벗었다.

드러난 얼굴은 바로 한빈이었다.

한빈이 툴툴거리듯 말했다.

"거참, 살벌하네."

한빈은 조용히 야행복을 벗어 행낭에 넣고는 정화 부인의 처소를 바라봤다.

자신이 정화 부인이 생각하는 경쟁자 명단에 올랐다는 것을 오늘 확인했다.

"이걸 좋아해야 하나? 뭐, 영광이지."

전생의 기억에 의하면 하북팽가의 몰락은 정화 부인으로부터 시작한다.

한빈이 보기에 그녀는 호랑이 무리에 숨어든 구렁이었다.

구렁이도 구렁이 나름.

그녀는 천년 묵은 이무기에 가까웠다.

하지만, 이무기가 용을 이길 수는 없는 법.

앞으로 용이 되어 하늘을 날 결심을 한 한빈이 주먹을 꽉 쥐었다.

한빈도 이제 칼을 세워야 할 때였다.

그것도 잠시, 언제 그랬냐는 듯 표정을 지운 한빈은 자신의 처소로 향했다.

한빈이 처소 앞에 도착했을 때, 그의 앞에 철노가 불쑥 나타났다.

"공자님!"

"아, 철노. 깜짝 놀랐잖아."

"의당에서 일주일은 움직이지 말라고 했잖습니까. 그런데 어딜 다녀오십니까?"

"가만있으니까 좀이 쑤셔서."

"다섯 명의 도객과 무씨검가의 무소율 아가씨와 비무를 벌이신 게 오늘입니다. 그런데 좀이 쑤시다니요?"

"누워 있으면 병이 날 것 같아서."

철노가 못 믿겠다는 듯 한빈을 바라봤다.

그것도 잠시 그가 눈매를 좁혔다.

"공자님, 여긴 왜 그러세요?"

철노가 소매로 한빈의 뺨을 닦았다.

철노의 소매에 슬쩍 묻어 나오는 피.

조금 전에 상처를 입은 듯했다. 한빈은 당황하지 않고 쑥
스러운 표정으로 웃었다.

"나도 모르게 나무에 긁혔나 봐."

"자꾸 다치시면……."

철노의 눈이 다시 촉촉해지려 하자 한빈이 두 손으로 막았
다.

"알았어, 철노. 이제는 안 다칠게."

아무래도 철노는 아직 한빈의 무위가 높아졌다는 것을 믿
지 못하는 것만 같았다.

말을 마친 한빈은 도망치듯 앞섰다.

그것도 잠시, 앞서가던 한빈이 고개를 갸웃했다.

"그런데 철노는 왜 안 자고 그래?"

"시끄러워서 잠을 잘 수 있어야죠."

철노가 한숨을 쉬자 한빈이 고개를 갸웃했다.

"시끄럽다니?"

"연무장에서 아직도 병장기 부딪치는 소리가 울려서 통 잠
을 잘 수가 없잖아요."

아리송한 철노의 말에 한빈이 눈매를 좁혔다.

"무슨 소리?"

"모르셔서 물어보시는 거예요? 수호사대의 수련 때문에 나는 소리죠."

그때 멀리서 쇠붙이가 부딪히는 소리가 들려왔다.

챙. 챙.

철노의 말은 사실이었다.

한빈은 방향을 틀어 연무장으로 향했다.

그곳에는 횃불이 가지런히 꽂혀 있었고 그 중앙에는 수호사대의 무사들이 박도를 휘두르고 있었다.

대견하다는 듯 한참을 바라보던 한빈이 천천히 걸어갔다.

한빈의 기척을 느낌 소대섭이 한걸음에 달려왔다.

"오셨습니까? 주군."

소대섭의 각 잡힌 포권에 한빈이 씩 미소를 지었다.

"다들 왜 그렇게 무리하고 그래?"

"오늘 있었던 주군의 비무에 감명받아 잠을 이룰 수가 없어서 이렇게 나왔습니다."

소대섭이 진지한 표정으로 말했다.

한빈은 주위를 둘러봤다.

나머지 이들도 소대섭만큼이나 진지한 표정으로 한빈을 바라보고 있다.

일렁이는 횃불 때문일까.

마치 뜨거운 마음이 느껴지는 것만 같았다.

한빈이 소대섭에게 말했다.

"수련이 좋아도 몸 좀 사려. 그러다 탈 나면 본전도 못 건지잖아."

"아닙니다. 주군의 활약을 보니 뛰는 가슴이 멈추지 않습니다."

눈에 잔뜩 힘을 준 소대섭을 보니 진심이 느껴졌지만, 한빈은 손을 저었다.

"소 대주. 왜 그래? 안 하던 행동 하지 말고 그만 들어가서자. 옛말에 안 하던 짓 하면 일찍 죽는다잖아."

"아닙니다. 주군! 죽을 때 죽더라도 강해지고 싶습니다. 도와주십시오. 주군이 단시간에 강해질 수 있었던 비결을 부탁드립니다. 물론 그런 비법을 저희에게 가르쳐 주시지 않겠지만요. 하지만······."

소대섭은 자신이 말해 놓고도 염치가 없다 느꼈는지 말을 맺지 못하고 대신 포권했다.

동시에 뒤쪽의 무사들도 한빈을 향해 같은 동작을 취했다.

소대섭만의 뜻이 아닌 것이 분명했다.

그 모습에 한빈이 진지한 표정으로 물었다.

"강해지고 싶나? 뭐, 가르쳐 주는 건 어렵지 않지."

"네?"

소대섭의 눈이 커졌다. 동시에 뒤쪽에 정렬해 있던 무사들이 눈을 빛냈다.

그들의 시선을 한곳에 모은 한빈이 다시 물었다.

"방금 말한 거 진심인가? 소 대주."

"네, 진심입니다. 강해지고 싶습니다."

"아니, 그거 말고, 그 전에 '죽더라도'라고 했던 말 말이야."

"……."

소대섭은 바로 답을 못했다. 왠지 모르게 한빈의 말투에서 살짝 오한이 들었기 때문이었다.

그것도 잠시 한빈의 맑은 눈을 바라본 소대섭은 결심했다.

"네, 사실입니다. 고수가 밟으면 꿈틀대지도 못하고 사라져 갈 하수로는 살고 싶지 않습니다. 부탁드립니다."

소대섭은 이를 악물었다.

지금 소대섭의 말은 진심이었다.

물론 그도 지금의 부탁으로 자신이 불을 보고 달려드는 나방 같은 꼴이 되리라는 것은 알지 못했다.

그의 말에 한빈의 표정이 순식간에 바뀌었다.

한빈의 얼굴은 태양 빛을 반사하는 얼음과도 같았다.

차가우면서도 따뜻함을 담고 있는 표정이었다.

한빈은 아무 말 없이 포권한 소대섭을 바라봤다.

소대섭은 아직도 포권을 풀지 않고 허리를 숙이고 있었다.

그들은 가주를 대하는 것과 마찬가지로 한빈을 대하고 있었다.

오늘 아침까지만 해도 소대섭과 수호사대는 한빈을 믿지 못했다.

하지만, 다섯 도객의 칼을 받아 낸 한빈의 모습을 보고 그들의 마음은 돌아섰다.

소대섭과 수호사대가 보기에 한빈의 무위는 절대적이지는 않았다. 하지만 중요한 것은 단시간 동안 올라간 한빈의 실력이다.

그들은 한빈에게 비밀이 있다고 믿었다.

게다가 쓰러질 듯 쓰러지지 않고 버텨 낸 한빈의 집념 또한 그들의 마음에 불을 지피는 데 한몫했다.

한빈처럼 단시간에 발전할 수 있다면?

소대섭과 나머지 대원의 가슴은 기대감으로 방망이질 쳤다. 지금 그들은 죽으란 말만 빼면 한빈의 명령에 따를 준비가 되어 있었다.

달빛 아래 모두가 포권하고 있을 때, 한빈이 허리에 찬 월아를 뽑았다.

"강해지는 법을 배우고 싶은 자는 칼을 들어라!"

대답은 들려오지 않았다. 대신 여기저기서 칼이 올라왔다.

슥!

달빛을 받은 칼 때문인지 연무장은 그 어느 때보다 밝아 보였다.

한빈이 천천히 중앙으로 걸어가 무사 한 명 한 명과 눈을 마주쳤다.

그들의 의지를 확인한 한빈이 외쳤다.

"지금부터 싸움의 법칙을 가르쳐 주겠다!"

동시에 울리는 함성.

"와!"

그들은 그것이 고난의 시작임을 몰랐다.

한빈이 혼잣말을 뱉었다.

"어째 다들 불나방 같네."

이건 한빈의 진심이었다.

벅차오르는 감정을 주체 못 하고 뛰어든 이들은 호롱불로 달려드는 나방이나 다름없었다.

불사조가 될지 불나방이 될지는 그들 하기 나름이었다.

그들은 힘을 원하고 한빈은 자신의 칼에 날을 세워야 할 때.

한빈이 기분 좋게 웃으며 철노를 바라봤다.

"철노, 지필묵 좀 가져다줘."

"네, 공자님."

철노가 처소로 뛰어갔다.

눈 깜짝할 사이에 돌아온 철노가 종이와 지필묵을 한빈 앞에 펼쳤다.

촤르륵.

바로 먹을 갈기 시작하는 철노를 본 한빈이 붓을 들었다.

한지 위에 슥 지나가는 먹물은 달빛을 받자 화사(花蛇)가 지나가는 듯한 착각이 들었다.

슥슥.

한빈의 붓이 미끄러지듯 화선지 위를 달리자 수호사대는 침을 꿀꺽 삼켰다.

모두가 목울대를 꿀렁이며 목을 빼고 있을 때, 한빈은 붓을 멈추고 자리에서 일어났다.

"강해지고 싶은 자는 차례대로 앞으로 나와라."

뜻밖의 말에 무사들은 서로를 바라봤다.

가장 먼저 나온 것은 수호사대의 막내 조호였다.

조호는 뛰는 가슴을 진정시키며 한빈 앞에 섰다.

한빈이 그에게 화선지를 쓱 내밀었다.

조호가 화선지 위의 글씨를 바라봤다.

천자문을 못 뗀 조호이기에 어두운 밤, 달빛 아래 글자는 그저 먹물에 가까웠다.

조호가 물었다.

"주군, 무슨 내용입니까?"

"너희의 목숨을 내게 맡긴다는 내용이다."

"흠."

조호가 낮은 신음을 흘렸다.

목숨을 건다고는 했으나 이렇게 문서를 들이미니 갑자기

긴장된 것이다.

그때 한빈이 말했다.

"이 계약서의 내용은 유교적 사상을 담고 있다."

분명 계약서의 내용에는 서당에서 많이 듣던 문구가 적혀 있었다.

계약서의 내용은 이렇게 시작됐다.

신체발부수지주군(身體髮膚受之主君)이며……

언뜻 보면 효경에 나오는 대목이지만, 뒤에 부모가 주군으로 바뀌어 있었다.

사실 이것은 신체 포기 각서에 가까웠다.

아무리 저들이 원하는 수련이라 해도 채찍이 있으면 당근 도 있어야 하는 법.

설명을 이어 나가던 한빈이 품속에서 전낭을 꺼내며 모두 를 바라봤다.

"너희가 목숨을 포기하는 대신 참가 격려금으로 은전 한 냥 그리고 수련에 통과한다면 나는 너희에게 은전 열 냥을 약속하마."

한빈이 전낭을 풀었다.

순간 달빛에 수많은 은전이 드러나며 반짝였다.

그 반짝임에 무사들이 심장이 공명했다.

쿵! 쿵!

망설이던 조호는 마치 최면에 걸린 듯 철노에게서 붓을 빼앗아 들었다.

"여기 서명하면 됩니까? 주군."

"……."

한빈은 씩 웃으며 계약서 아래 공간을 가리켰다.

슥슥.

조호는 붓을 빼앗길세라 재빨리 서명했다.

조호를 시작으로 수호사대의 대원들은 앞으로 튀어나왔다.

"내가 먼저다."

"내가 먼저 줄을 섰다니까."

"아니야, 난 아까부터 앞줄에 서 있었잖아."

눈 깜짝할 사이에 수호사대의 대원들이 모두 서명하자 한빈이 계약서를 말아 쥐고 자리에서 일어났다.

모두가 한빈의 다음 말을 기다리고 있을 때, 그가 진지한 표정으로 말을 이었다.

"강해지는 첫 번째 방법을 말해 주겠다."

"……."

뒤쪽에 줄을 선 막내 조호는 아무 말 없이 눈을 보름달처럼 빛냈다.

나머지 무사들도 마찬가지다.

한빈이 이제 때가 되었다는 그들을 바라봤다.

한빈이 말했다.

"쉬어라."

"네?"

"쉬라고."

무사들이 의아함에 서로를 바라보자 소대섭이 대표로 물었다.

"쉬라니, 그게 무슨 말씀이십니까? 주군, 분명히 강해지는 첫 번째 방법을 가르쳐 주시겠다고 하지 않으셨습니까?"

"쉴 때 쉬는 것이 첫 번째 방법이다. 지금은 쉬어라! 다만……."

한빈이 말끝을 흐렸다.

말끝을 흐리는 한빈의 모습에, 가장 앞에 선 소대섭이 눈을 빛냈다. 지금부터 나올 말이 핵심이라는 것을 알고 있기 때문이다.

그 눈빛에 흡족한 미소를 지은 한빈이 말을 이었다.

"내가 집합을 걸면 수련 시작이라는 것을 명심해야 한다."

"네, 명에 따르겠습니다."

소대섭이 각 잡힌 포권으로 답하자 뒤쪽에서도 똑같이 복창했다.

"존명!"

"존명!"

그들의 외침에 무심하게 뒤돌아선 한빈이 몇 걸음 가다 멈췄다.

하늘을 올려다본 한빈이 혼잣말을 뱉었다.

"오늘따라 달이 밝군."

한빈은 뜻 모를 미소를 띠었다.

새벽, 수호사대 숙소.

달빛이 창문 틈으로 들어가 침상을 비추었다.

그곳에서 모두는 고단함에 시체처럼 뻗어 있었다.

하나, 막내 무사 조호만은 밤새도록 잠을 못 자고 있었다.

한빈이 가르쳐 준다는 강해지는 법에 대한 기대감 때문이었다.

일류 무사가 될 수만 있다면 자신의 앞날에는 탄탄대로가 펼쳐질 것이 확실했다.

미래를 약속한 아랫마을 향이와 오순도순 살 집을 장만하는 것도 먼일은 아닐 것이었다.

조호는 자신도 모르게 한빈에게서 받은 은전을 어루만졌다.

그것도 잠시, 신체가 한계를 넘어섰기 때문일까?

본능이 그의 호기심을 덮었다. 조호는 스르르 눈을 감았다.

막 꿈에서 방글방글 웃는 향이의 모습과 마주했을 때였다.

딩! 딩!

갑자기 머리맡에서 징 소리가 울렸다.

갑작스러운 상황에 무인의 본능이 조호를 깨웠다.

번쩍 눈을 뜬 조호는 이상한 광경에 멍해졌다.

누군가가 수호사대의 숙소에 들어와 징을 치며 누비고 있던 것이다.

"대체……."

소대섭은 말을 잇지 못했다.

징을 치고 있는 자의 정체는 다름 아닌 철노였던 것이다.

딩! 딩!

"연무장으로 집합하십시오. 공자님의 명입니다."

순간 앉아서 멍하니 철노를 바라보고 있던 소대섭이 물었다.

"주군이 왜 이 시간에?"

"무슨 일이지?"

"혹시 주군께 무슨 일이라도 생겼나?"

막내 무사 조호도 자리에서 일어났다.

수호대의 무사들이 술렁이자 철노가 환하게 웃으며 말을 이었다.

"공자님께서 집합이라는 말만 남기셨습니다."

순간 모두가 눈을 빛냈다.

집합이란 단어가 튀어나왔기 때문이다.

하지만, 막내 무사 조호만은 정신을 차릴 수가 없었다.

'잠이라도 자 둘걸……. 이러다 쓰러지겠네.'

조호는 습관적으로 무복을 입고 연무장으로 뛰어갔다.

아직 휘영청한 달이 비추고 있는 연무장은 조용하기만 했다.

마치 화선지 위에 그려 놓은 풍경화 같았다.

소대섭이 가장 앞에 섰고 조호는 졸지에 앞줄에 섰다.

그들은 싸늘한 새벽바람을 맞으며 한빈이 나타나기만을 기다렸다.

차 한 잔 마실 시간이 지나자 모두는 수군대기 시작했다.

"뭐지? 철노가 장난친 거야?"

"아니면 주군이 장난을 친 건가?"

"쉿, 들으면 어떻게 하려고?"

"그러게 말이야."

그들이 수군대고 있는 동안에도 조호는 아무 말도 하지 않고 멍하니 바닥을 바라봤다.

요 며칠 무리를 하여 피로가 축적된 데다, 오늘 너무 들떠서 한숨도 못 잤기 때문이다.

조호는 오늘 뜬눈으로 밤을 새운 것을 후회했다.

이제는 너무 피곤해서 눈도 감기지 않는 상태. 꿈인지 생시인지 분간이 안 되었다.

그때였다.

연무장에 선 무리 가운데 귀에 익은 목소리가 튀어나왔다.

"이게 장난으로 보이나?"

분명 한빈의 목소리였다.

조호는 고개를 들어 목소리가 들리는 쪽을 바라봤다.

그곳에는 붉은 무복을 입은 한빈이 팔짱을 끼고 모두를 하나하나 살피고 있었다.

모두가 놀란 가운데 한빈이 말했다.

"동료가 몇 명인지도 모르고, 동료들 틈에 누가 끼어 있는지도 모르고……."

한빈은 일장 연설을 늘어놓으려다가 수호사대를 매섭게 바라봤다.

그들은 한빈에 말에 반박할 수 없었다.

위장을 하기 위해 자신들과 같은 색 무복을 입은 것도 아니고 저리 튀는 무복을 입었는데 발견을 못 하다니?

이건 있을 수 없는 일이었다.

물론 이 상황은 기척을 지우는 데는 중원에서 둘째가라면 서러워할 한빈의 능력 때문이었다.

모두가 입을 벌리고 있을 때 한빈이 한숨을 끝으로 말을 맺었다.

"……휴."

묘하게 날이 선 한숨 소리에 수호사대의 무사들은 침만 꼴깍 삼켰다.

터벅터벅.

한빈이 소대섭의 앞으로 걸어가 멈췄다.

"대주는 열외!"

그 말에 소대섭이 후다닥 한빈의 뒤로 섰다.

소대섭을 열외시킨 한빈이 가장 앞줄에 선 조호에게 다가 갔다.

수호사대의 무사들이 눈을 빛내고 있는 반면, 막내 조호는 다 죽어 가는 생선처럼 생기 없는 눈빛을 하고 있었다.

한빈이 건수를 잡았다는 듯 씩 웃었다.

조호의 앞에 선 한빈이 용린검법 응용편의 구결을 떠올렸 다.

'전광석화!'

동시에 한빈이 검을 뽑았다.

명장이 만든 검이 새벽 찬바람보다 더 차가운 예기를 뿜으 며 조호의 눈앞으로 날아들었다.

어찌나 빠른지 주변에서 구경하던 무사들의 눈에는 한빈 의 검이 보이지 않을 정도였다.

슝!

순식간에 조호의 눈앞에서 멈춘 검.

하지만, 조호는 눈도 꿈쩍하지 않았다.

결코 담력이 강해서가 아니었다.

한숨도 잠을 못 잔 그는 지금 서 있기도 힘든 상태였다.

사실 이것은 조호에게 행운이었다.

조호의 멍한 표정을 본 한빈이 살짝 입꼬리를 올렸다. 한빈이 나지막이 말했다.

"조호는 통과!"

그 외침에 조호가 어기적어기적 대열에서 나왔다.

한빈이 말을 이었다.

"막내가 통과했는데 통과 못 하는 이가 있다면 각오해야 할 것이다."

그 말에 겨우 눈을 뜨고 있던 조호는 자신의 뺨을 찰싹 때렸다.

상황의 심각성을 알았기 때문이다.

쓩!

한빈의 검이 다시 앞줄 무사의 눈앞에서 멈췄다.

무사는 눈을 찔끔 감으며 뒤로 물러났다.

나머지 무사들은 침을 삼키며 한빈의 말을 기다렸다.

지금 한빈의 행동이 무엇을 의미하는지를 몰랐기 때문이다.

한빈이 검을 거두며 외쳤다.

"칼에 겁을 먹는 너희가 도객이라 할 수 있나? 통과 못 하는 자는 일단 박는다!"

순간 연무장이 술렁였다.

어젯밤 분명 한빈은 그들을 강하게 만들어 준다고 했다.

싸움에서 지지 않는 방법을 가르쳐 준다고 했다.

그런데 난데없이 박으라니!

그들은 입을 벌리고 한빈을 바라봤다.

물론 가장 긴장한 것은 맨 처음 시험을 통과하고 이를 구경하던 조호였다.

그의 심정은 좌불안석 그 자체였다.

막내인 자신이 운으로 통과하는 바람에 선배 무사들이 더 혼나는 모양새였다.

게다가 뒤에서 지켜본 바, 한빈은 예측불허 그 자체였다.

첫 번째 무사에게 뻗은 검은 그리 빠르지도 않았고 위협적이지도 않았다.

하지만 검 끝이 들어오는데 눈을 깜빡이지 않을 자가 어디 있겠는가?

게다가 한 치의 망설임도 없는 저 행동!

서슬 퍼런 한빈의 눈빛에 첫 번째 무사가 털썩 머리를 박았다.

한빈은 지체 없이 두 번째 무사에게 검을 뻗었다.

역시나 똑같은 상황.

조호에게 펼친 전광석화는 나머지 대원들에게 쓰지 않았다.

나머지 대원을 배려해서는 아니었다.

훈련하는 데 용린검법의 공력을 낭비하고 싶지 않아서였다.

연무장에 정렬한 무사들이 움찔할 때 한빈은 물러나 있던 소대섭을 불렀다.

"소 대주."

"네, 주군."

소대섭은 목소리에도 각이 잡혀 있었다. 한빈은 표정에 변화 없이 물었다.

"무사가 칼을 앞에 두고 눈을 깜빡이나?"

"아닙니다."

"눈꺼풀로 칼날을 막을 수 있나?"

순간 연무장이 조용해졌다.

눈꺼풀로 칼날을 막는다라? 그것은 불가능한 일.

하지만, 칼날이 눈앞에 오는데 어떻게 눈을 깜빡이지 않는다는 말인가.

잠시 어색한 침묵이 연무장에 맴돈 후 소대섭이 답했다.

"아닙니다."

"칼이 들어올 때 눈을 감는다는 의미는?"

"자살행위입니다."

그들의 대화에서 정답은 밝혀졌다.

한빈의 의도는 칼날에도 눈 하나 깜빡이지 말라는 것이었다.

소대섭의 대답에 한빈이 말했다.

"너희가 칼날에 겁을 먹는다는 것은 무인으로서의 자격이 없다는 뜻. 통과 못 한 이는 오늘 밥도 없다."

한빈의 말에 연무장이 술렁였다.

그러거나 말거나 한빈의 검이 다시 공간을 갈랐다.

슝! 슝!

한빈의 시험에 통과한 이는 가장 먼저 시험을 치른 조호뿐이었다. 조호는 차라리 저 대열에 합류에 머리를 박았으면 하며 자책했다.

그만큼 멀쩡히 서 있는 것이 불편했다.

한빈의 뒤를 따르는 소대섭도 마음이 불편하기는 마찬가지였다.

하지만, 여기서 살아남으려면 한빈의 장단에 맞춰야 하는 법.

소대섭은 한빈이 지나간 자리에 멀뚱히 서 있는 수하들에게 외쳤다.

"다들 박아!"

툭!

알아서 굴리는 소대섭을 본 한빈이 흡족한 표정을 지었다.

그렇게 첫날 훈련이 시작되었다.

⁂

훈련이 끝나고 숙소로 돌아가는 무사들의 눈은 실핏줄이 다 터지는 바람에 시뻘게져 있었다.

옷을 갈아입은 그들은 하나같이 불만을 토해 내기 시작했다.

그중 가장 연장자인 장삼이 말했다.

"아, 너무하는 거 아니야?"

"그러게 말입니다."

다른 무사가 맞장구쳤다. 뒤쪽에서 조용히 고개를 끄덕이던 조호도 끼어들었다.

"제가 보기에도 이건 아닌 것 같습니다. 아무리 주군이라지만……."

"그래. 네 마음 불편한 건 알고 있으니, 그렇게 소리 높이지 않아도 된다."

장삼이 조호의 등을 토닥였다.

가장 연장자인 장삼이나 막내인 조호나 이곳에 온 것은 돈 때문이지 다른 이유는 없었다.

강해지고 싶은 것도 돈 때문이고 꾸역꾸역 살아가고 있는 것도 돈 때문이었다.

오늘 갑자기 기회가 찾아와 잠시 설레었다.

그런데 이렇게 수련을 마치고 보니 이 길이 맞는지 의심이 들기 시작했다.

장삼은 여차하면 튀기로 결심하며 주먹을 꽉 말아 쥐었다. 그 옆에 있던 조호도 고개를 끄덕였다.

다음 날 오후.

한빈은 의자에 몸을 기댄 채 여유롭게 서책을 들고 있었다. 물론 한빈이 바라보고 있는 것은 허공에 뜬 용린검법이었다.

그때 철노가 다급히 문을 열고 달려왔다.

덜컹.

"공자님, 큰일 났습니다."

"무슨 큰일?"

"이 공자가 다시 호위조를 꾸렸답니다."

"흠."

한빈은 관자놀이를 톡톡 쳤다.

아무래도 정화 부인의 입김이 작용한 것 같았다. 호위조야 돈만 있으면 언제든 꾸릴 수 있는 일이었다.

다만, 호위조를 빼앗긴 공자가 다시 호위조를 꾸리기 위해서는 자신의 돈을 써야 한다.

이 돈은 분명 정화 부인에게서 나왔을 것이고 말이다.

"그런데 새로운 수호이조에는 하남정가의 고수가 다수 끼어 있다고 합니다."

한빈이 눈매를 좁혔다.

하남정가의 고수라면 검객일 것이다.

팽가에 검을 쓰는 호위?

아마도 한빈이 명분을 만들어 준 느낌이었다.

소가주 후보가 검객이니 검객을 호위로 뽑는 것도 허락하지 않을 수 없었다.

"친정에서 데려왔을 테니, 어찌 보면 당연한 일이겠지."

"심지어 절정검 이무명도 왔답니다. 칼을 간 거죠."

"흠."

헛기침한 한빈은 전생의 기억을 떠올렸다.

절정검 이무명.

지금은 강남 지역에서 차기 신진 오룡에 거론될 만큼 무위가 출중한 무인이다.

정씨는 아니지만, 어릴 때 하남정가에 거둬져 그들의 핵심 세력이 된 자였다.

하지만 그것은 지금의 상황.

한빈이 전생에 강호에서 활동할 당시, 이무명의 이름은 어디에서도 들어 보지 못했다는 점 문제였다.

이름을 듣지 못했다는 것은 두 가지 경우였다.

무위가 낮은 무명소졸이거나, 눈먼 칼에 맞아 이승을 떠났거나 말이다.

한빈의 표정을 본 철노가 물었다.

"공자님, 표정이 왜 그러세요? 혹시 무서우신 겁니까?"

"내가 무서워해야 하는 대목인 거야? 철노."

한빈이 무표정한 얼굴로 물었다.

"그럼요. 심미호 부대주가 맡았을 때보다 더 위협적인 호위조가 됐잖아요."

"알았어, 철노. 내가 신경 쓸게. 고맙다."

"네, 가능하면 처소에서……."

철노의 말이 끝나기도 전에 한빈은 자리에서 일어나 휘적휘적 걸어갔다.

다급한 철노가 물었다.

"공자님, 어디 가십니까?"

"내 호위들이 훈련 잘하고 있나 확인해야지."

"에이, 처소에 계시기로 했잖아요."

"수호사대의 훈련장이 내 처소잖아."

말을 마친 한빈은 가벼운 걸음으로 철노의 시야에서 멀어져 갔다.

"공자님!"

철노도 다급하게 뛰어갔다.

한참을 쫓아가던 철노는 훈련장 옆 나무 뒤에 기대어 있는 한빈을 발견했다.

"공자……."

"쉿!"

한빈이 검지를 입술에 갖다 대며 철노의 말을 끊었다.

철노는 그 의미를 깨달았다.

지금 수호사대는 끼니도 거르고 훈련에 임하고 있었다.

물론 끼니를 거른 것은 그들의 자의가 아니었다. 한빈이 시험을 통과하기 전에는 밥도 먹지 말라는 지시를 내렸기 때문이다.

그들은 서로를 바라보며 칼을 눈앞에 들이대고 있었다.

하지만, 한빈이 원하는 경지에 이른 자는 아무도 없었다.

그들은 움찔하며 눈을 깜빡이기 일쑤였다.

그때였다.

지나가는 하북팽가의 무리가 발길을 멈추고 수호사대가 하는 훈련을 바라보고 있었다.

"저기 봐, 저거 뭐 하는 거야?"

"저거 사 공자가 시킨 거라잖아."

"허, 호위들만 불쌍하네. 저게 무슨 도움이 된다고?"

"그러게 말일세. 저 시간에 초식 한 번 더 수련하는 게 남는 거지. 지난번에 사 공자 호위조 모집할 때 안 들어간 게 천운이었어."

"하하, 나도 천운이라고 생각하네. 덕분에 이번에 인원이 빈 이 공자의 호위조에 들어갈 수 있었으니 천운이 맞지. 그러고 보니 자네는 하남정가에서 왔다고 했지?"

"그렇다네."

고개를 끄덕인 무인은 검을 차고 있었다.

그 검집에는 하남정가의 상징인 화려한 구름이 새겨져 있었다.

그들은 소대섭의 바로 뒤에서 떠들고 있었다.

그들의 말을 들은 소대섭은 손에 쥔 도(刀)를 부르르 떨었다.

그때였다.

갑자기 파공성이 울리며 검 하나가 소대섭의 눈앞으로 날아왔다.

팡!

소대섭은 움찔하며 뒤로 물러섰다.

검 끝이 불과 자신의 한 뼘 앞에서 멈추자 소대섭은 자신도 모르게 눈을 질끈 감았다.

그것도 잠시, 소대섭은 재빨리 눈을 떴다.

지금 눈앞에서 예기를 발하고 있는 검의 주인이 누군지 알았기 때문이다.

소대섭이 급히 포권하며 말했다.

"주, 주군."

그의 목소리는 심하게 떨렸다.

지금도 시험이라 생각했기 때문이다.

아니나 다를까. 한빈은 탐탁지 않은 표정으로 주변을 둘러보다가 말했다.

"박아!"

"네, 따르겠습니다."

소대섭이 포기한 듯 허리를 숙이자 한빈이 그의 팔목을 잡으며 말했다.

"소 대주 말고."

"그게 무슨 말씀이신지요? 주군."

소대섭에게는 눈길도 안 준 한빈이 새로 이 공자의 호위조에 편입된 무사들에게 시선을 멈췄다.

상황이 이상하게 돌아간다고 생각한 이 공자의 호위조 중 하남정가에서 온 무사가 뒤로 한 발자국 물러서며 포권했다.

"사 공자님을 뵙습니다."

"인사는 됐고, 실시."

"그게 무슨 말씀이신지요?"

"지금 무슨 잘못을 했는지 모르는 것인가?"

"잘못이라니, 저희는 잘못한 일이 없습니다. 공자님."

무사가 고개를 절레절레 흔들자 한빈이 검지를 곧게 펴서 흔들며 말을 이었다.

"아니지, 아니야. 내가 하나 묻겠네."

"말씀하십시오."

"언제부터 하북팽가에서 타인이 수련하는 것을 훔쳐보게 되어 있었나?"

"수련이라니, 그게 무슨 말씀이십니까? 저희 하남정가에서는……."

"잠깐, 여기가 하남정가인가?"

"죄, 죄송합니다. 하지만 저는 타인이 수련하는 것을 절대……."

무사는 말끝을 흐렸다.

한빈이 흔들던 검지가 수호사대의 무사 하나하나를 가리키고 있기 때문이었다.

하남정가에서 온 무사는 자신도 모르게 뒷걸음쳤다.

수호사대의 눈빛은 정파의 분위기와는 거리가 멀었다.

수호사대 무사들의 눈빛은 며칠은 굶은 승냥이의 그것이었다.

그중 장삼과 조호의 눈빛이 가장 사나웠다.

사실 이 공자의 무사들이 정확히 보기는 했다.

그들은 어제부터 오늘까지 한 끼도 못 먹었으니까.

한빈이 말했다.

"자네들은 소가주 후보가 제시한 수련 방법을 부정하는 죄를 범했지. 그 죗값이 뭔지 아는가?"

말을 마친 한빈은 검을 뽑았다.

스르릉.

그 검은 무사의 팔을 향했다.

동시에 이 공자의 무사들이 무릎을 꿇었다.

한빈이 다시 말했다.

"내 말 못 알아들었나? 나는 무릎을 꿇으라 하지 않았다. 박으라 했지!"

말을 마친 한빈이 그의 팔을 가볍게 그으려 할 때였다.

어디선가 호통 소리가 들려왔다.

"막내야!"

뒤를 돌아보니 이 공자 팽경빈이 멀리서 휘적휘적 걸어오고 있었다.

한빈은 잠시 검을 멈췄다.

그때 한빈의 앞까지 온 이 공자가 말했다.

"어렵게 구한 호위인데 흠집 내면 그건 도리가 아니지."

한빈은 이 공자를 살폈다.

자신에게 당하고 끙끙 앓던 모습은 어디에도 없었다.

그는 한빈을 깔보는 듯한 표정으로 당당하게 웃고 있었다.

물론 표정과는 달리 팽경빈은 흉흉한 기세를 뿜고 있었다.

그의 기세를 담담히 받던 한빈이 그가 앞에 오자 말했다.

"형님, 저는 지금 팽가의 법을 집행하려고 합니다. 그런데 무슨 일이신지요?"

"팽가의 법이라? 내가 멀리서 듣자 하니 저걸 수련이라고 말하더구나."

이 공자 팽경빈이 턱짓으로 수호사대를 가리켰다.

그들은 서로의 코끝에 칼을 겨누고 석상이 된 채 노려보고 있었다.

한빈이 물었다.

"저게 수련이 아니라면 무엇입니까?"

"저런 것을 광대놀음이라 하지. 그러니 우리 호위가 본 것은 수련하는 모습이 아닌 광대놀이를 본 것이 아닌가?"

순간, 칼이 부딪치는 소리가 연무장에 울렸다.

탕! 탕!

이후 들려오는 생경한 소리.

드드득.

한빈은 힐끔 고개를 돌려 연무장 쪽을 바라봤다.

수호사대의 무사들은 이제 한계를 넘어섰는지 칼로 몸을 지탱하고 있었다.

자세히 보니 칼이 부르르 떨리고 있었다.

지금 소리는 수호사대의 떨림으로 칼이 청강석 바닥을 긁으며 울리는 소리였다.

한빈은 이 소리가 수호사대가 이제까지 겪은 설움이 폭발한 것이라 생각했다.

물론 대주인 소대섭은 그들이 떠는 이유를 어렴풋이 알고 있었다.

소대섭의 시선이 가장 나이 많은 무사인 장삼에게 향했다.

역시나 그의 칼이 가장 많이 떨리고 있었다.

장삼은 대주의 시선이 자신에게 쏠렸는지도 모른 채 이를 악물었다.

장삼이 한빈을 믿고 자신을 맡긴 지 딱 하루.

그런데 한빈이 알려 준 것이라고는 칼이 들어와도 눈을 깜빡이지 말라는 것이었다.

거기에 더해 끼니까지 거르고 칼이 들어와도 눈 하나 깜빡 안 할 담력을 기르는 중이었다.

장삼이 입 모양으로 말했다.

"난 이 공자가 말한 광대라는 단어에 동의한다."

"맞아요, 아저씨. 이게 강해지는 데 무슨 도움이 되겠습니까? 이러다가 저는 향이한테 차이겠습니다."

조호도 입 모양으로 장삼의 말에 동의했다.

드드득.

칼이 청강석을 긁는 소리가 계속 이어졌다.

지금의 소리는 이 공자를 향한 것이 아니라 주군인 한빈을 향한 무언의 항변이었던 것이다.

한빈에게 강해지는 법을 가르쳐 달라던 어제의 말을 후회하지 않는 무사는 없었다.

그들의 속마음과는 달리 한빈은 말없이 웃고 있었다.

그들이 표현하는 분노가 흡족했기 때문이었다.

한빈은 그들이 이제야 무인다운 집념을 갖추었다 생각했다. 그게 누구를 향한 분노인지는 관계없었다.

'녀석들이 원하니, 아무래도 강도를 올려야겠어!'

한빈이 말없이 웃자 팽경빈이 물었다.

"막내도 인정하는 건가?"

"제가 인정을 한다고요? 무엇을 인정한다는 말씀이신가요?"

"그 표정이 인정한다는 것이 아니면 무엇이라는 말이냐?"

"저는 저들의 수련이 강해지는 과정이라 생각합니다."

"그럼 증명해야지."

"솔직히 제가 증명할 이유는 없지만, 형님이 원하신다면 보여 드리죠. 제가 어떻게 증명하면 되겠습니까?"

한빈이 씩 웃으며 팽경빈을 바라봤다.

"증명이라……."

한빈의 여유로운 눈빛을 받은 팽경빈은 불안감에 말끝을 흐렸다.

그것도 잠시, 팽경빈은 고개를 살짝 흔들었다.

하남정가에서 데려온 정예를 바탕으로 새롭게 구성된 수호이조였다. 거기에 시간이 흐르면 그들을 호위대로 편성해서 명실상부한 세 번째 무력대로 만들 생각이었다.

지금의 전력으로도 누구한테 지지 않을 자신이 있었다.

팽경빈이 한빈을 바라보며 어떻게 하면 옭아맬 수 있을까를 고민하고 있을 때였다.

한빈이 말을 이었다.

"한 달 뒤 호위끼리 비무로 증명하는 것이 어떻습니까?"

"오호라!"

팽경빈이 눈을 빛냈다. 이번에야말로 건수를 잡았다는 표정이었다.

자신이 말하고 싶은 걸을 한빈이 대신 말해 주니 팽경빈은 십 년 묵은 체증이 쑥 내려가는 것만 같았다.

"그 표정, 승낙하시는 것으로 알겠습니다."

"그래, 그럼 이번에는 무엇을 걸 것이냐?"

팽경빈은 입맛을 다셨다. 지난번의 빚을 갚을 절호의 기회였다.

팽경빈의 표정을 본 한빈이 말했다.

"지난번처럼 많은 인원을 걸 필요는 없을 것 같습니다. 이번에는 호위 한 명을 걸죠."

"흠, 호위 한 명이라?"

팽경빈은 생각에 잠긴 듯 턱을 어루만졌다. 그것도 잠시 팽경빈이 고개를 끄덕였다.

"그렇게 하지. 어중이떠중이는 이제 필요 없으니까 말야."

팽경빈이 수호사대 모두를 깔보듯 바라봤다.

그가 원하는 것은 이전 사건의 배신자라 확신하고 있는 딱 한 명이었다.

즉, 심미호를 말함이었다.

이렇게 한 달 뒤 호위대끼리의 비무가 결정되자 연무장에 칼 긁는 소리가 더욱 크게 울렸다.

드르륵, 드르륵.

몸을 지탱하기도 힘든 그들의 속마음은 하나였다.

자신들이 이 공자의 정예 무사들과 비무를 벌인다면 승패
는 분명했다.

　게다가 이 공자는 사 공자에게 원한을 품고 있는 상황.

　한 달 뒤 비무에서 자신들의 몸이 찢겨 나갈 것은 자명한
사실.

　지금 이런 광대 같은 놀음으로 한 달 동안 강해지리라는
것은 상상도 할 수 없었다.

　드드륵, 드드득.

　이것은 수호사대의 원망이 담긴 무언의 아우성이었다.

　그들의 모습에 한빈이 외쳤다.

　"서러워 말아라. 너희가 원하는 것을 주겠다!"

　"……."

　드디어 떨림이 멈췄다. 수호사대 무사들은 어이가 없어 원
망까지 사라진 것이었다.

　'빌어먹을!'

　'진짜 뭐 됐네!'

　그들은 속으로 각기 다른 푸념을 늘어놨다.

　한빈과 수호사대가 교감하는 동안, 팽경빈은 사라졌다.

믿습니까?

팽경빈이 용건을 마치고 사라지자 소대섭이 다급히 달려왔다.

타다닥.

발소리의 울림이 사라지기도 전에 소대섭이 물었다.

"주군, 한 달이라니요?"

"한 달이면 너무 길지? 하긴, 한 달이면 지루할 것 같기도 하고……."

"그게 아니라, 저희가 어떻게 한 달 안에 강해진다는 겁니까?"

소대섭은 수호사대를 가리켰다.

수호사대를 바라보던 한빈은 고개를 갸웃했다.

수호사대의 굶주린 승냥이 떼 같던 눈빛은 대부분 봄날 눈 녹듯 사라진 상태였다.

그들이 눈에 담고 있는 것은 원망이었다.

한빈이 말했다.

"지금 싸우면 이길 확률은 일 할."

"그럼 한 달 뒤에는 가능하다는 말씀입니까?"

"내 말을 따른다면 삼 할이다."

"네? 그건 이길 확률은 없다는 말씀 아닙니까?"

"나머지는 수호사대의 몫이지."

"아."

소대섭은 낮은 탄성을 흘렸다. 달리 반박할 말이 없었기 때문이다.

"이제 때가 된 것 같으니 출발하지."

"출발이라니요?"

"우리 집으로 출발해야지, 천수장."

한빈이 환하게 웃었다.

소대섭이 눈을 동그랗게 뜨며 물었다.

"귀, 아니 천수장으로 지금 간단 말입니까?"

"내가 장담한다. 거기서 살아남는다면 한 달 내로 강해질 거야. 내가 너희가 세상에 가지는 원망을 모두 날려 주지."

한빈이 씩 웃으며 돌아섰다.

하지만, 아무도 답하는 이가 없었다.

한빈이 사라지자 막내 조호가 어기적어기적 소대섭에게 걸어왔다.

"대주님, 이게 무슨 말입니까?"

"그러게 말이다."

"생각해 보십시오, 우리가 하남정가까지 가세한 정예들을 어떻게 이긴다는 말입니까? 저희가 어제 하루 동안 배운 게 뭡니까?"

"그래, 미안하다."

"대주님이 막아 주십시오."

"……."

소대섭은 말없이 조호를 바라봤다.

지금 문제는 싸우기도 전에 포기한 이들의 이런 모습이었다.

그때였다.

소대섭과 대화하는 조호를 향해 정체불명의 물체가 날아왔다.

핑!

조호가 눈을 크게 뜨며 물체를 피했다.

조호의 귓불을 스친 물체가 연무장 바닥에 떨어졌다.

텅!

충격음을 낸 물체가 바닥을 데구루루 굴렀다.

자세히 보니 돌멩이였다.

조호가 눈을 동그랗게 떴다.

"아무래도 주군이 우리 대화를 들으신 모양입니다. 대주, 못 들은 걸로……."

조호가 다급히 자리로 돌아갔다.

소대섭은 그 모습에 고개를 갸웃했다.

'어떻게 돌멩이를 피할 수 있었지?'

어제의 조호라면 분명 돌멩이를 피할 수 없었을 것이다. 그런데 녀석은 어디선가 날아오는 돌멩이를 피했다.

고개를 돌려 보니 한빈의 뒷모습이 보인다.

돌멩이를 던진 이는 한빈이 분명했다.

"우연일까?"

혼잣말을 뱉은 소대섭은 멀어져 가는 한빈의 뒷모습을 보았다.

한빈에게 흘러나오는 묘한 기세가 느껴졌다.

소대섭은 그 속에서 묘한 희망을 찾았다.

다음 날.

천수장으로 향하는 수호사대 무사들의 눈앞에는 저승사자가 아른거리고 있었다.

그들은 복면을 쓴 채 산길을 뛰고 있었다.

관도로 가도 될 텐데 한빈은 천수장으로 가는 방향을 굳이 험한 산길로 잡았다.

"헉! 헉!"

장삼은 숨넘어가는 소리를 토해 내고 있었다.

"후, 후."

조호도 쓰러질 듯 비틀거리며 걷고 있었다.

여기저기서 터져 나오는 숨소리에 한빈이 눈매를 좁혔다.

이들은 한빈이 생각해도 잘 따라오고 있었다.

눈빛에는 무인다운 독기도 잘 묻어 나오고 있었다.

물론 이 독기의 원인이 원망이라는 것을 한빈도 알지만, 훈련 방식은 달라질 리 없었다.

한빈이 외쳤다.

"조금 더 빨리!"

지금 행하고 있는 훈련은 전생에 귀검대가 받았던 기초 훈련이었다.

무인에게 초식과 내공을 제외하고 가장 중요한 것이 뭐냐 묻는다면 세 가지를 말할 수 있었다.

첫째가 동체 시력이며 둘째는 호흡이었다.

그리고 마지막은 바로 깡.

아무리 험한 전장이라도 악으로 깡으로 버티면 살아남을 수 있다는 것이 한빈의 생각이었다.

그때 한빈이 눈을 크게 떴다.

참을 수 없는 허기가 밀려들어 왔다.

이 허기의 정체는 바로 구결에 대한 갈망이었다.

그때 산길을 오르는 무사들이 하나둘 보이기 시작했다.

그들의 모습에 한빈이 눈을 가늘게 떴다.

이상하게도 그들에게 점이 보인 것이다.

"설마?"

한빈은 눈을 크게 떴다.

한두 명도 아니고 수호사대의 모두에게 점이 한두 개씩 보인 것이다.

곳곳에 보이는 점의 정체는 설명이 필요 없었다.

그것은 분명히 용린검법의 기본편과 응용편의 구결을 나타내는 점이었다.

아쉬운 점은 그 점이 선명하지 않다는 것이었다.

하지만, 한빈은 아쉬워하지 않았다. 잘 생각해 보면 그들의 몸속에 박힌 점은 막 싹을 틔우려는 강낭콩 같았다.

이것은 키워서 채취하라는 하늘의 계시.

한빈은 자신도 모르게 입맛을 다셨다.

옆에서 한빈을 지켜보던 소대섭이 섬뜩한 느낌에 다급히 물었다.

"주군, 왜 그러십니까?"

"훈련의 강도를 높여야겠어."

"여기서 더 올린다는 겁니까?"

"그래, 훈련은 실전이 최고지."

"실전이라고요? 주군."

소대섭이 눈을 크게 떴다.

뭔가 불길한 느낌을 받은 것이다.

그때 한빈이 말을 이었다.

"소 대주는 내가 따로 가르쳐 줄 게 있어."

한빈의 말에 소대섭이 흠칫하며 물었다.

"저, 저도 머리 박아야 합니까?"

"지금은 말고 나중에……."

한빈이 씩 웃자 소대섭이 어깨를 가늘게 떨었다.

정확히 이틀이 지나고 그들은 천수장의 정문에 도착했다.

"헉헉."

"죽을 것 같습니다, 대주님."

"숨이 막힙니다."

여기저기서 비명이 튀어나왔다.

한빈이 뒤를 돌아보니 그들이 처음에 입었던 회색 무복은 이제 황토색이 되어 있었다.

한빈이 흡족한 표정을 지으며 외쳤다.

"이제 복면을 풀어도 좋다!"

그 외침과 동시에 수호사대의 무사들은 얼굴을 감쌌던 천을 풀었다.

"휴."

"이제 살 것 같습니다."

안도의 한숨이 주변에서 터져 나올 때 천수장의 문이 열렸다.

끼익!

열린 문틈 사이로 모습을 드러낸 한 쌍의 눈동자에 소대섭은 뒤로 물러서며 비명을 토했다.

"헉!"

소대섭의 얼굴은 마치 귀신이라도 본 것처럼 창백해졌다.

물론 뒤에 서 있던 무사들도 마찬가지였다.

"귀곡장에 귀신이……."

"대낮에 귀신이 나온다니!"

그들의 반응은 당연했다. 지금 한 쌍의 눈을 내놓고 있는 얼굴은 사람이라 볼 수 없을 정도로 생기가 없었기 때문이었다.

그때 그 눈동자의 주인이 입을 열었다.

"오셨어요, 주군."

"그래, 잘 지냈어? 심 부대주."

"주군, 이게 잘 지낸 것으로 보이세요?"

목소리의 주인공은 심미호였다. 소대섭이 한빈의 옆에서 뛰어나와 물었다.

"심 부대주, 무슨 일이 있었던 건가? 혹시 독에라도 당한 건가?"

소대섭의 질문에 심미호가 심드렁한 표정으로 말했다.

"대주님!"

"왜, 그러나? 심 부대주."

"지난번에 대주님도 저와 별반 다르지 않았거든요."

"아."

소대섭은 자신의 얼굴을 매만지며 기억을 떠올렸다.

밤이면 들려오는 귀곡성과 끊임없이 나타나는 환청과 환상.

그런데 자신의 얼굴이 저랬었다니!

소대섭은 고개를 돌려 한빈을 바라봤다.

눈이 마주친 한빈이 씩 웃자 소대섭은 재빨리 고개를 돌렸다.

천수장에서 지낸다는 것은 단순한 수련이 아니라 고문에 가까웠다.

그때는 며칠을 지내다 보니 어느 정도 적응이 되었지만, 처음 오는 자는 단 일각도 잠에 들 수 없다 장담했다.

소대섭은 안타까운 눈으로 수하들을 바라봤다.

모두가 천수장 정문에 정렬하고 있을 때 한빈이 외쳤다.

"이제 들어가자!"

문턱을 넘은 한빈이 주변을 둘러봤다.

이제는 제법 사람이 사는 곳처럼 보였다.

나무와 풀, 그리고 뒤뜰에 만들어 놓은 무밭까지.

거기에 깔끔하게 청소가 되어 있는 모습을 보니 이제 여기가 자신의 집이구나 싶었다.

물론 한빈의 옆을 따르는 소대섭과 심미호는 어깨를 가늘게 떨었다.

대충 식사가 끝나자 한빈이 심미호에게 물었다.

"심 부대주, 내가 준비하라고 한 재료는 준비했나?"

"네, 준비했어요. 주군."

"그럼 준비된 장소로 출발하지."

"네, 이쪽으로 오세요."

심미호가 앞장서자 소대섭과 나머지 대원들은 고개를 갸웃했다.

"이제는 배부른데 뭘 또 준비하신 거지?"

"그러게 말이야. 재료라고 하는 것을 보니 단단히 준비하신 것 같네."

모두는 단단히 착각하고 있었다.

그들의 착각은 차 한 잔 마실 시간도 지나지 않아 산산이 깨졌다.

"저게 뭡니까? 주군!"

소대섭의 외침이었다.

그가 가리킨 곳에는 깎아지르는 절벽이 있었다.

그 절벽의 중간에 익숙한 필체로 갈겨 쓴 현판이 붙어 있었다.

사신대(蛇身樓)

한빈의 필체였다.

뱀 '사'에 사람의 신체를 나타내는 '신'.

풀이를 해 보면 뱀과 사람이 얽히는 망루라는 곳이다.

얼마 전까지 귀곡장이라 불리는 천수장 뒤편에 마련된 기괴한 이름의 망루.

현판의 위쪽을 따라가 보면 그쪽에는 평범한 정자가 위치해 있었다.

화산이나 무당에 있을 법한 도가적 분위기의 느낌에, 당장 신선이 바둑을 두러 와도 이상치 않을 모양을 한 정자였다.

처음에 사신대라는 명칭에 놀란 이들은 위쪽에 정자를 보고 안심하고 있었다.

성인 세 명 정도의 높이로 뻗어 있는 절벽과 정자 사이에는 안전을 위해서인지 밧줄을 쳐 놓았다.

수하들의 안전을 고려한 것인지 중간중간 말뚝을 박아 기둥을 세우고 그 사이에 밧줄을 걸어 놓은 것이다.

누가 봐도 밧줄로 만든 난간이었다.

게다가 위쪽에서는 음식 냄새까지 풀풀 풍기는 게 아닌가.

꿀꺽!

위쪽을 바라보던 소대섭은 포만감도 잊고 침을 삼켰다.

옆에서 이를 지켜보던 심미호는 혀를 찼다.

한 치 앞도 알 수 없는 것이 인생이라 했던가?

잠시 뒤 벌어질 일도 모르고 기대감 가득한 표정으로 정자를 올려다보는 수호사대.

그들을 본 심미호는 괜히 헛웃음을 흘렸다.

잠시 후, 사신대에 오른 수호사대 무사들은 눈을 크게 떴다.

운치 있는 정자에 상다리가 부러지도록 차려진 음식 때문이었다.

누군가 외쳤다.

"주군, 감사합니다!"

"고단한 수련에 대한 보상을 이렇게 내려 주시다니……."

누군가는 며칠 간의 고된 수련이 생각났는지 흐느끼기도 했다.

그때 한빈이 말했다.

"이 음식은 내가 내리는 포상이 맞다. 단!"

한빈이 말을 끊자 무사들은 고개를 갸웃했다.

그 시선을 받은 한빈이 감정 없는 어조로 말을 이었다.

"이 음식은 수련이 끝난 자만 먹을 수 있다."

순간 주변이 웅성대기 시작했다.

"수련이요?"

"무슨 수련 말이지?"

그 웅성거림이 커질 때 한빈이 검을 들어 정자 기둥을 탁탁 쳤다.

탕!

그 울림에 웅성거림이 바로 멈췄다.

모두를 쓱 훑어본 한빈이 말을 이었다.

"조교 앞으로!"

한빈의 외침에 심미호가 앞으로 나왔다.

한빈이 지시 대신 간단하게 턱짓을 하자, 심미호가 절벽 가장자리로 달려갔다. 그러고는 망설임 없이 기둥 사이에 쳐놓은 밧줄을 넘어 아래로 뛰어내렸다.

그 모습에 소대섭이 비명을 질렀다.

언뜻 봐도 만만치 않은 높이에서 몸을 날렸기 때문이다.

"헉!"

그 비명이 끝나기도 전에 심미호의 목소리가 들렸다.

"실시했습니다."

그 목소리에 한빈이 천천히 절벽 가장자리로 다가가자 모두가 뒤를 따랐다.

심미호는 가장자리에 쳐 놓은 밧줄을 잡고 대롱대롱 매달려 있었다.

한참을 보던 한빈이 다시 외쳤다.

"조교 제자리!"

동시에 심미호가 밧줄을 잡아당겼다.

출렁이는 밧줄의 반동을 이용해 다시 복귀한 심미호를 본 한빈이 흡족한 표정으로 소대섭을 바라보며 말을 이었다.

"소 대주, 봤나?"

"네, 봤습니다. 그런데 이게 무슨……."

소대섭의 질문이 끝나기도 전에 한빈이 말했다.

"다들 밧줄을 잡아라."

"……."

소대섭은 영문을 모르겠다는 듯 한빈과 밧줄을 번갈아 바라봤다.

물론 뒤쪽에 있는 무사들도 소대섭과 별반 다르지 않았다.

그 모습에 한빈이 소대섭에게 속삭였다.

"소 대주, 수하들한테 물어봐?"

"네?"

"밧줄 잡을 건지 머리를 박을 건지?"

크지 않은 목소리였지만, 수호사대 무사들은 너나없이 밧줄이 있는 쪽으로 뛰어갔다.

대주인 소대섭도 한빈의 명에 따라 뛰어가려 할 때였다.

"소 대주는 잠시만 기다려!"

"주군, 왜 그러십니까?"

소대섭이 고개를 갸웃하며 묻자 한빈이 답했다.

"소 대주는 책임자잖아."

"네, 그럼 저는 열외입니까?"

"대주를 위해서는 좀 더 다른 걸 준비했어."

한빈은 끝을 가리켰다.

그곳에는 더 튼튼해 보이는 밧줄이 기둥 사이에 묶여 있었다.

소대섭은 한빈을 보며 울먹이는 표정을 지었다.

"감사합니다. 저의 안전을 위해 이리 신경을 써 주시다니……."

"신경 쓰지 말고 수련에 열중해, 소 대주."

소대주는 얼른 절벽의 밧줄에 의지해 내려갔다.

그가 뭔가 잘못되었다는 것을 안 것은 차 한 잔 마실 시간이 지날 무렵이었다.

문제는 밧줄의 굵기에 있었다.

다른 대원들에 비해 굵은 밧줄은 소대섭을 더 지치게 만들었다.

손에 딱 감기는 밧줄과 굵어서 한 손으로 잡기 불편한 밧줄의 차이는 생각보다 컸다.

지금 소대섭은 수하들에 비해 몇 배의 힘을 소모하는 중이었다.

다들 힘이 부치는지 숨소리가 거칠어지자, 한빈이 말했다.

"정확히 한 시진을 버텨야 한다."

"……."

모두는 말할 기운도 없는지 한빈을 뚫어져라 바라봤다.

한빈이 그들의 의문을 안다는 듯 말을 이었다.

"전쟁에서 칼을 놓친 병사가 살아남을 확률은?"

"……."

"지금 그 밧줄이 너희의 칼이고 목숨 줄이라 생각해라."

"……."

모두는 아무 말 없이 이를 악물었다.

그 모습에 활짝 웃은 한빈이 다시 말했다.

"아래에 떨어져도 다치지 않게 안전장치를 해 놨으니 다칠 걱정은 안 해도 된다. 포기하고 싶은 자는 손을 놓아도 된다."

말을 마친 한빈은 심미호에게 손짓했다.

재빨리 다가온 심미호가 말했다.

"주군, 하명하실 일이라도……?"

"내가 말한 대로 독사는 뺐지?"

"아, 죄송해요. 뺀다고 뺐는데 몇 마리 섞여 들어갔을 수도 있어요."

"뭐, 그 정도는 괜찮아."

한빈이 씩 웃으며 손을 내저었다.

그들의 대화에 소대섭은 아래를 바라봤다.

절벽 아래에는 있는 것이 그물이라 생각했는데, 이제야 정체를 안 것이다.

"헉!"

꿈틀대는 뱀들이 그들의 발밑에 한가득 있었다.

소대섭은 사신대라는 의미를 이제야 알았다.

올라오면서 말한 재료도 음식 재료가 아닌 저 뱀을 말했던 것.

밑에 우글대는 뱀을 확인한 수호사대 대원들은 더 악착같이 밧줄을 잡았다.

그 모습에 심미호가 작게 물었다.

"주군, 이 수련이 효과가 있는 거 맞아요?"

"당연하지, 내가 몸소 경험해 봤으니까."

"언제요?"

"그건 비밀이야."

한빈의 말은 사실이었다.

물론 전생의 경험을 이야기한 것이었다.

한참 수다를 떨던 한빈이 뭔가 생각난 듯 물었다.

"심 부대주, 내가 말한 것은 준비됐어?"

"아, 그게……. 아직."

"하북에서는 구하려면 좀 힘들 거야. 그래도 열심히 알아

봐. 여기 일은 끝났으니, 나가서 수소문해 봐도 좋고."

"네, 최선을 다하겠습니다."

심미호가 포권을 하며 물러났다.

한빈이 지금 심미호에게 부탁한 것은 산공독이었다.

말이 독이지 산공독은 사실 중화제에 가까웠다.

산공독은 음기를 되돌리고 양기도 되돌린다.

모든 무공은 음양의 이치를 기본으로 하는 법이기에 산공독에 당하면 무공을 못 쓰는 것이 이치였다.

하지만, 양기가 넘쳐흐르는 이곳 천수장에서는 달랐다.

산공독은 극양지기를 정화시켜 순양지기로 바꿀 수 있는 영약이나 다름없었다.

무가 양기를 흡수해서 영기를 머금은 영초가 되려면 적어도 삼 개월.

약조한 비무까지는 날짜가 모자란다.

며칠 내로 산공독을 구하지 못한다면 낭인왕에게 약속받은 세 가지 도움 중 하나를 써야 할 것 같았다.

＊

그날 밤, 천수장에 마련된 수호사대의 숙소에서는 모두가 멀뚱히 눈을 뜨고 있었다.

히히힉.

히히익.

그들은 천장에서 울리는 귀곡성에 잠을 청할 수 없었다.

모두가 눈만 멀뚱히 뜨고 있을 때 막내 조호가 옆을 보며 속삭였다.

"장삼 아저씨, 자요?"

"왜 그러냐?"

장삼도 잠을 못 청하는지 답했다.

"우리 탈출합시다."

"탈출하자고?"

"뭐, 미리 받은 은전도 있으니 그냥 여기서 튀어요. 이러다 죽겠어요. 아랫마을 향이도 도망갈 것 같고요."

"나는 여기서 나가면 갈 데도 없다."

"그러지 말고 우리 장사나 해요."

"장사 밑천은 있고?"

"막일을 해도 이거보다는 낫겠죠. 밑천이야 차차 모으면 되고요."

"아니다. 나는 버티다가 돈을 받고 나가련다."

장삼이 천장을 올려다봤다.

그 모습에 조호가 고개를 끄덕였다. 장삼은 수호이대와의 비무에서 이기겠다고 하는 것이 아니었다.

버틸 때까지 버텨 은전을 받겠다는 말이었다.

"네, 그럼 저 혼자 갈게요."

말을 마친 조호는 자리에서 일어났다.

달리기라면 누구보다 자신이 있는 조호였다.

그는 화장실을 가는 척하며 슬그머니 숙소를 빠져나왔다.

장삼은 그렇게 빠져나가는 조호를 못 본 척했다.

숙소를 빠져나온 조호는 최대한 기척을 숨기며 담장으로 향했다.

불과 오십 보 앞에 담장이 보였다.

번개처럼 달려서 담장을 넘으면 자유의 몸.

수련을 마치면 받기로 했던 은전 열 냥이 눈에 아른거렸지만, 그걸 생각하다가는 인생이 종 치게 생겼기에 내린 결론이었다.

타다닥.

담장으로 달려간 조호는 벽의 중간을 밟고 담장을 훌쩍 뛰어넘었다.

너무 손쉬웠기에 이제까지 긴장했던 것이 허탈하기까지 했다.

툭툭 하의를 털고 일어난 조호는 깜짝 놀라 뒷걸음질 쳤다.

조호의 눈앞에 얼굴이 둥둥 떠다니고 있었다.

"귀, 귀신."

"뭘 그리 놀라는 것이냐?"

그 목소리에 뒷걸음치던 조호가 눈을 크게 떴다.

지금의 목소리는 분명 한빈이었다.

자세히 보니 자신이 얼굴이라 생각한 것은 호롱불이었다.

호롱불을 든 한빈이 다가왔다.

"혹시 튀려는 것이냐?"

한빈의 말에 움찔한 조호가 품에서 은전을 꺼냈다.

"여기 은전은 돌려주겠소. 그리고 오늘부로 수호사대에서 탈퇴하겠소."

이것은 진심이었다.

아무런 효과도 없는 이런 훈련을 받느니, 낭인 시장에 나가 일거리를 찾아보는 게 좋다 생각했다.

호롱불 뒤 한빈의 입꼬리가 올라갔다.

"너는 계약을 물로 보고 있는 것이냐?"

한빈이 계약서를 내밀었다.

하지만, 조호는 글씨를 읽을 수 없었다.

"돈을 돌려주면 그만 아닙니까?"

살짝 공손해진 조호의 말투.

한빈이 웃으며 답했다.

"여기 써 있지 않으냐? 위약금은 선금의 열 배라고."

"헉!"

조호가 눈을 비비며 계약서에 얼굴을 들이밀었다.

한빈은 씩 웃으며 계약서를 회수해 자신의 품에 넣었다.

다음 날 점심 천수장의 식당.

꽈직!

조호가 식사를 하다 말고 분에 못 이겨 젓가락을 부러뜨렸다.

그 모습에 장삼이 말했다.

"나는 젓가락 들 힘도 없는데, 젊음이 좋긴 좋구나."

"놀리지 마세요, 아저씨."

"그런데 탈출한다면서 여긴 왜 온 것이냐?"

"탈출은 안 하기로 했어요. 난 강해져서 그놈을 죽여 버릴 거에요."

"누굴?"

"몰라도 돼요, 아저씨."

조호는 미간을 좁히며 어젯밤 만났던 한빈을 떠올렸다.

계약서를 본 조호는 조용히 물러서는 척했지만, 숙소로 돌아가는 척하며 다시 탈출을 시도했었다.

그렇게 시도한 횟수만 무려 여섯 번.

그때마다 한빈이 앞에 나타나 계약서를 펼쳤다.

조호는 그제야 자신이 그물에 걸린 물고기라는 것을 인정할 수밖에 없었다.

힘이 없다는 것이 이렇게 분할 줄은 몰랐다.

그때 한빈이 식당에 들어왔다.

한빈의 모습을 본 수호사대가 동시에 일어났다.

"주군!"

"주군, 오셨습니까?"

한빈이 손을 내저으며 말했다.

"다들 앉아. 수련 기간에는 나도 조교에 불과하니 그리 예의 차릴 필요는 없어. 참, 생각해 보니 젓가락도 밥줄이잖아. 밥줄이 곧 목숨 줄이니, 앞으로는 젓가락도 밧줄이라 생각하고 놓치지 마. 지켜보겠어."

동시에 모두가 젓가락을 소중히 집었다.

그때 철노가 식당으로 들어왔다.

"공자님."

"왜 그래, 철노?"

"손님이 왔습니다."

"내가 초대한 사람이 없는데?"

"삼 공자가 왔습니다."

"셋째 형님이 왔다는 거지? 지금 어디 있지?"

"접객실에 모셨습니다. 이쪽으로……."

철노가 앞장서자 한빈이 뒤를 따랐다.

접객실에 도착한 한빈은 고개를 갸웃했다.

삼 공자 팽무빈 옆에는 처음 보는 무인이 자리하고 있었기 때문이다.

한빈을 본 팽무빈이 자리에서 일어났다.

"왔는가? 아우."

"네, 형님. 오랜만입니다. 이쪽은 누구신지요?"

시선을 받은 백의 무복의 사내가 포권했다.

"저는 장자명이라 합니다. 의술을 연구하는 의생입니다."

"아, 의생이시군요."

한빈이 아무렇지도 않게 웃었다.

하지만, 그의 이름을 듣는 순간 한빈은 치열하게 머리를 굴리기 시작했다.

장자명이라면 전생에 익히 들은 이름이었기 때문이다.

백독문의 후계자였지만, 개인적으로 외부 의뢰를 받아 독을 쓰다가 파문된 후 천하를 떠돌며 독을 팔던 그였다.

당시 별호는 만독상인.

강북을 대표하는 독문인 백독문이나 강남을 대표하는 독문 사천당가에 모두 공적으로 찍힌 인물이었다.

지금 밝힌 장자명이란 이름은 가명이다. 그런데 나중에는 그 이름으로 강호에 알려진다.

어찌 보면 기구한 인생을 살다가 간 천재.

지금은 파문을 당하기 전.

이곳에 그가 왜 왔는지가 관건이었다.

한빈이 머릿속으로 주판알을 굴리고 있을 때 팽무빈이 입을 열었다.

"내가 아우를 괴롭힌 것은 본의가 아니었다네. 둘째 형님의 겁박도 한몫했으니 이제부터라도 잘 지내보자는 의미에서 인사를 온 것이니 이상한 눈으로 보지 말았으면 좋겠어."

"네, 알겠습니다."

일단 한빈은 고개를 살짝 숙였다.

잘 지내보자는 것은 말도 안 되는 이야기였다.

이렇게 해결될 것이면 그전에 한빈에 대한 괴롭힘을 멈췄을 것이었다.

팽무빈이 입을 열었다.

"내가 장자명 의생을 소개해 주려고 하는 것은 다름이 아니라, 이곳에 기이한 현상이 많이 일어난다고 해서……."

팽무빈의 설명은 간단했다.

이곳에서 일어나는 기이한 현상에 대해 장자명이 관심을 갖고 있으니, 이곳에 머물고 싶다는 말이었다.

물론 그가 가진 의술로 수호사대를 도와주겠다고 했다.

순간 한빈의 눈이 빛났다.

계산을 끝낸 한빈이 표정을 숨긴 뒤 아무렇지도 않게 말했다.

"언제든 환영입니다."

너무도 쉽게 승낙하자 이번에는 장자명이 놀랐다.

"이렇게 쉽게 승낙해 주시다니 감사합니다."

백의 무복의 장자명이 깊숙이 포권했다.

그날 이후 장자명은 이따금 천수장에 들렀다.

물론 그때마다 한빈은 몰래 그의 행동을 살폈다.

장자명의 행동에 한빈의 입꼬리가 승천한 것은 비밀이었다.

이 주 후.

수호사대 대원들이 드디어 칼을 잡았다.

휙휙!

박도를 돌리던 장삼이 눈을 크게 떴다.

평소에 쓰던 박도가 너무 가볍게 느껴졌기 때문이었다.

휙휙!

나머지 대원들도 고개를 갸웃했다.

"이거 이상하게 무게가 느껴지지 않네."

"내 칼이 바뀐 것 같은데."

수호사대 모두가 변화를 체감하며 눈을 빛내고 있을 때였다.

어디선가 흐느끼는 소리가 들렸다.

"흑흑."

수호사대 대원들의 시선이 한곳에 모였다.

그곳에서는 쪼그려 앉은 조호가 울음을 참고 있었다.

놀란 장삼이 조호에게 다가갔다.

"왜 그러느냐? 조호."

"아, 아무것도 아니에요. 아저씨."

"뭐, 우리끼리 거리낄 것이 뭐가 있다고……."

"향이가 시집간대요."

"아."

장삼이 탄식을 흘렸다. 천수장을 출입하는 일꾼을 통해 간간이 소식을 주고받던 것은 알고 있는 일.

하필 이때 안 좋은 소식이 들려온 것이다.

조호가 흐느끼며 말했다.

"난 그놈을 죽여 버릴 거예요."

"흠."

장삼이 헛기침했다.

며칠 전부터 계속 누굴 죽인다고 하는데, 그게 누군지는 장삼도 알 수 없었다.

장삼이 조호의 등을 토닥거리고 있을 때 그들의 앞에 한빈이 나타났다.

"몇 가지 전달할 사항이 있다."

"말씀하십시오. 주군."

소대섭과 대원들이 각 잡힌 포권을 하자 한빈이 말을 이었다.

"첫째, 오늘부터 식수는 천수장 내에 있는 우물 두 곳만 쓴다."

"……."

모두가 고개를 갸웃할 때 한빈이 다시 말을 이었다.

"그리고 둘째. 오늘부터 실전 훈련에 들어간다."

말을 마친 한빈이 자신의 검 월아를 앞으로 내밀며 해맑게 웃었다.

그 미소에 대원들은 어리둥절해했고, 소대섭은 움찔하며 어깨를 가늘게 떨었다.

한빈의 선포로 수호사대와 한빈의 실전 비무가 시작되었다.

한빈은 대원 하나하나를 눈에 담으며 침을 삼켰다.

구결을 나타내는 점이 겉으로 일렁이는 것을 확인할 수 있었기 때문이다.

잠시 후 연무장에 선 한빈이 허리에 찬 월아를 철노에게 맡기고 연무장에 널브러져 있는 목검을 잡았다.

휙. 휙!

목검을 돌리다 검 끝으로 수호사대 무사들 가리켰다.

"누구부터 올 건가? 두 명씩 덤벼도 좋고."

그 말에 철노가 달려왔다.

"공자님, 무리하시면 안 됩니다."

"주군, 제가 생각하기에도 괜찮습니다. 장수가 꼭 병사보다 강해야 할 이유는 없습니다."

이 말은 진심이었다.

소대섭이 보기에 한빈의 무공 수위는 기껏해야 일류.

다만, 초식이 기괴해서 상대가 곤란할 뿐이었다.

한마디로 한빈은 까다로운 상대일 뿐, 그에게 압도적인 무위는 없다는 말이었다.

한빈이 고개를 끄덕였다.

"하나씩 빼 먹는 게 더 좋을 듯하군."

"네? 빼 먹다니요?"

"아니야, 말이 헛 나온 것 같아."

한빈이 목검을 들고 연무장 중앙에 섰다.

"그럼 준비된 대원부터 앞으로!"

그 말에 모두가 눈을 빛냈다.

이 공자의 수하들과 할 비무는 겁이 났지만, 한빈과의 비무를 해볼 만하다 생각한 것이었다.

그중 막내 무사 조호가 가장 먼저 나왔다.

조호는 앞으로 나오며 이를 악물었다.

'죽일 거야. 죽일 거야.'

그 모습에 무사들이 웅성거렸다.

"우리 막내가 사고 치는 거 아니야?"

"그래, 주군이 다치면 우리는 돈도 못 받잖아."

"에이, 설마, 아무리 그래도 사생결단을 내겠어?"

그들은 한빈의 안위를 걱정했다.

그들의 말을 들으며 소대섭은 고개를 갸웃했다.

얼마 전에 다섯 도객과 비무를 벌였으며 무씨검가의 무소율과 일전을 치른 한빈이 아니던가.

그 모습에 반해 무공을 배우기로 한 것이고 말이다.

이런 사실을 생각하면 한빈을 만만하게 본다는 것은 있을 수 없는 일이었다.

그런데도 수하들은 이번 실전 훈련에서 한빈을 걱정하고 있었다.

그때 조호의 목도(木刀)와 한빈의 목검(木劍)이 마주쳤다.

탕! 탕!

몇 번 칼이 오가자 한빈과 조호는 뒤로 물러섰다.

상대를 뚫어질 정도로 관찰하는 한빈.

그 시선에 더 열이 받은 조호.

둘은 다시 맞닥뜨렸다.

순간 한빈이 용린검법의 초식을 운용했다.

'전광석화.'

쉭!

한빈의 목검이 공간을 가르고 날아들었지만, 그 검의 궤적을 본 이는 없었다.

"헉."

여기저기 탄성이 흘러나왔다.

동시에 조호가 큰 대(大) 자로 연무장에 뻗었다.

모두가 입을 벌린 상황, 정작 이번 비무에서 승리한 한빈은 허허롭게 먼 산을 바라보고 있었다.

[용안(龍眼)으로 구결을 확인합니다.]

[용린검법의 응용편 중 촉(觸)을 획득하셨습니다.]

새로운 구결, 그것도 응용편이었다.

한빈의 입꼬리가 승천했다.

그를 바라보는 수호사대 대원들은 섬뜩함을 느꼈다.

장삼이 나지막이 말했다.

"감정도 없는 것인가?"

"때리면서 희열을 느끼시는 것 같은데요?"

다른 대원이 의견을 추가했다.

그들의 시선에는 아랑곳하지 않고 한빈은 구결을 정리했다.

[기본편]

[속(速), 속(速), 속(速), 속(速), 속(速)……]

[체(體), 체(體), 체(體), 체(體), 체(體)]

[력(力), 력(力), 력(力)]

[공(功), 공(功), 공(功), 공(功), 공(功)……]

[복(復)]

[응용편]
[전광석화(電光石火)]
[촉(觸)]

이직 완성되지 않은 응용편의 초식이지만, 한빈의 가슴을
뛰게 만들기에는 충분했다.
허공을 바라보던 한빈이 수호사대에게 시선을 돌렸다.
"다음!"
그 외침에 반응하는 모양은 크게 두 가지였다.
뒤로 움찔하며 물러나는 자, 그리고 목도를 뽑아 드는 자.
이어서 연무장에 다시 목검과 목도가 부딪치는 소리가 울
렸다.
탕! 탕!

천수장의 임시 의당.
장자명은 서책을 펼쳤다.
겉보기에는 평범한 서책처럼 보이지만, 펼친 서책의 중앙
은 움푹 파여 약병 두 개가 들어갈 자리가 있었다.

장자명은 약병을 다시 확인했다.

그가 확인하고 있는 약은 백독문의 독이었다.

하북팽가의 이 공자에게 의뢰받은 것은 정확히 사흘 전이었다.

그는 사 공자의 호위대인 수호사대가 힘을 못 쓰게 되길 원했다.

대신 그가 새로 조직한 호위대의 압도적인 무위를 널리 알리겠다는 의도였다.

그것을 위해서는 수호사대를 종이호랑이로 만들어야 했다.

장자명은 이 임무를 위해 산공독을 가지고 천수장에 침투했다.

사실 처음에는 힘들었다. 식당에 함부로 들어갈 수도 없고 임시 의당으로 오는 대원들도 없었으니 말이다.

그런데 상황이 변했다.

사 공자 한빈이 식수로 쓸 우물을 지정해 버린 것이다.

장자명은 이때다, 하고 백독문의 특제 산공독을 풀어 넣었다.

바로 반응하는 것이 아닌 체내에 두고두고 쌓이는 산공독이기에 약속된 비무에서 효과를 발휘할 수 있도록 조절했다.

이건 누워서 헤엄치기보다 쉬웠다.

선금으로 은전 열 냥을 받았고, 일이 끝나면 나머지 대금을 받기로 했다.

시간만 지나면 거금이 들어온다는 얘기였다.

뭐, 사문에 들키지만 않는다면 이보다 더 좋은 부업은 없었다.

장자명이 행복한 상상을 하고 있을 때였다.

덜컹.

의당의 문이 열리고 수호사대 대원들이 들어왔다.

다급하게 들어오는 그들의 모습에 장자명은 잽싸게 뒷걸음쳤다.

처음에는 자신이 독을 풀어 놓은 것을 들켰다 생각했다.

"무, 무슨 일입니까?"

장자명이 떨리는 목소리로 묻자 장삼이 답했다.

"의원, 이 사람 좀 봐 주시겠습니까?"

"무, 무슨 사람 말이오?"

장자명은 그제야 수호사대 대원들을 바라봤다.

그러고는 눈을 크게 떴다.

무복은 여기저기 찢기고 드러난 살갗은 벗겨져 피가 흐르고 있었다.

문제는 한 명이 아니라는 점이다.

지금 세 명이 한꺼번에 몰려와 치료를 부탁하고 있었다.

장삼이 외쳤다.

"빨리 좀 부탁드립니다!"

부탁하는 장삼의 상태도 과히 좋지 않았다.

장자명이 본능적으로 침상을 가리키며 말했다.

"이쪽으로……."

말끝을 흐린 장자명은 의술을 펼칠 도구를 가져왔다.

첫 번째 환자에게 지혈을 할 약초를 펴 바르던 장자명이 물었다.

"무슨 일입니까? 습격이라도 받은 겁니까?"

"습격이 아니라 훈련입니다."

장삼이 고개를 젓자 첫 번째 환자의 치료를 끝낸 장자명이 두 번째 환자를 살폈다.

"이 환자는 깨끗이 당했군요. 복부 쪽 혈도에 충격이 와서 기절한 것이니 그냥 둬도 한숨 자고 나면 일어날 겁니다."

장자명은 두 번째 환자의 복부에 침을 놓고 이마에 흐르는 땀을 닦았다.

사실 의술은 백독문의 교양과목 중 하나.

전문적인 의생은 아니라는 말이었다.

하지만, 갑자기 들어온 환자에게 집중해서 치료하다 보니 기가 다 빨린 느낌이었다.

그가 막 치료를 끝낸 두 번째 환자는 바로 조호였다.

그때 장삼이 말했다.

"감사합니다, 의원 어르신!"

나이 든 장삼이 포권하자 장자명이 손을 내저었다.

"아, 아닙니다."

"정말 감사…… 쿨럭."

장삼은 말을 잇지 못했다. 피를 한 움큼 토해 냈기 때문이다.

"괜찮으십니까? 이리로……."

고개를 돌린 장자명은 침상을 가리키려다 멈칫했다.

원래 있던 침상 두 개가 다 찼기 때문이다.

장자명이 바닥을 가리켰다.

"여기에 누우시죠."

"네, 쿨럭. 감사합니다."

장삼이 자리에 눕자 장자명이 말했다.

"인정사정없는 손 속이군요. 앞으로도 이러면 제명에……."

장자명은 뒷말을 삼켰다. 하려던 말이 무사에게는 악담이 될 수 있기 때문이었다.

그때 다시 문이 열렸다.

덜컹.

또 한 무리의 무사가 쏟아져 들어왔다.

"허!"

장자명이 입을 벌렸다.

두 번째 무리는 어째서인지 상처가 더 심각해 보였다.

하지만, 그것이 시작이라는 것을 장자명은 알지 못했다.

그날 밤.

장자명은 신음을 내며 몸을 뒤척였다.

침상은 환자에게 빼앗기고 지금 그는 다른 무사들과 함께 의당 바닥에 누워 있었다.

"끄응."

신음을 삼킨 장자명은 이게 무슨 날벼락인지 몰랐다.

하지만, 소득이 전혀 없는 것은 아니었다.

이들의 맥을 짚어 보니 내공이 거의 느껴지질 않았다.

즉, 산공독이 어느 정도 효과가 있다는 것이었다.

문제는 자신이 설계한 것과 달리, 효과가 나타나는 시기가 너무 빠르다는 것이었다.

물론 이것은 장자명의 착각이었다.

수호사대 무사 대부분은 내공을 잃은 것이 아니라 내공이 처음부터 없었던 것이니 말이다.

장자명이 착각을 이어 나가고 있을 때, 침상 위에 누군가 가 깨어났다.

조호라 불리는 젊은 무사인 것 같았다.

"아저씨!"

그는 누군가를 불렀다. 장자명은 모른 척 눈을 감고 그들 의 대화에 집중했다.

누군가 조호의 목소리에 답했다.

"괜찮은 것이냐. 조호."

"네, 아저씨, 그런데 이게 뭐예요, 무복에 웬 피칠갑을 하시고……."

"충격에 몸이 못 견뎌서 그런 것 같다."

"아저씨, 우리 튀어요."

"또 그 소리를 하는 게냐?"

"이대로 맞다가는 우리 죽어요."

조호가 장삼의 손을 잡았다.

싸움의 법칙

"허허."

장삼이 모든 것을 포기한 듯 웃었다. 그도 조호의 말에 동의했다.

호기롭게 수련을 받아들이겠다고 서명까지 했지만, 나이 때문인지 체력이 따라 주지를 않았다.

일류를 넘는 무인이라고 한다면 나이를 먹을수록 내공을 쌓아 강해진다지만, 내공이 없는 이류 무인은 나이가 들면 들수록 이빨 빠진 호랑이, 아니 이빨 빠진 고양이가 되기 때문이다.

조호가 말을 이었다.

"아저씨, 생각해 보세요. 우리가 강해졌다면 사 공자한테 복날 개 맞듯 쥐어 터졌겠어요?”

“흠.”

정확한 조호의 지적에 장삼이 헛기침했다.

그때 여기저기서 끙끙대는 신음이 튀어나왔다.

모두가 잠을 못 이루고 있는 것이다.

이 신음은 조호의 말에 동의한다는 의미였고 말이다.

하지만, 모두 자는 척할 뿐, 실행에 옮길 이는 없었다.

장삼이 자리에서 일어났다.

“가자.”

장삼도 결심했다. 개똥밭에 굴러도 현생이 낫다고. 이대로 있으면 며칠 안에 저승사자를 마주할 것 같았기 때문이다.

그 말을 끝으로 스르륵 의당 문이 열렸다.

장삼과 조호가 탈출을 위해 자리를 뜬 것이다.

그들의 뒷모습을 본 장자명이 혼잣말을 뱉었다.

“어차피 이류 인생, 여기 있으나 밖에 있으나…….”

장자명의 말에 다시 여기저기에서 신음이 터져 나왔다.

“끙.”

장자명은 재빨리 입을 막았다.

그때 무사 하나가 장자명에게 속삭였다.

“모른 척해 주쇼.”

“흠.”

장자명이 헛기침으로 말을 받았다.

힐끔 무사들의 얼굴을 보니 후회가 한가득 보였다.

장자명은 안 보이게 미소를 지었다.

저런 표정을 가진 무인들이 비무에서 승리할 수 있을까?

이번 의뢰는 무조건 성공이었다.

얼마나 지났을까? 장자명이 막 잠이 들려 할 때였다.

휘힝! 휘힝!

오늘도 어김없이 천장에서 귀곡성이 새어 나왔다.

여기에 와서 가장 마음에 안 드는 점이 저 귀곡성이었다.

장자명은 잽싸게 귀를 틀어막았다.

그때 의당의 문이 다시 열렸다.

덜컹.

귀곡성을 배경으로 열린 문.

뒤에 한없이 짙은 어둠이 눈에 들어왔다. 어둠은 섬뜩한 분위기를 만들어 냈다.

아마 바람에 열렸을 터, 장자명이 문을 닫기 위해 자리에서 일어났다.

그때였다.

문틈 사이로 시커먼 형체가 나타났다.

"헉!"

장자명이 놀라 엉덩방아를 찧자 시커먼 형체가 말했다.

"왜 그러십니까?"

시커먼 형체가 질문을 던지며 안으로 들어왔다.

불빛에 드러난 얼굴.

장자명은 눈을 크게 떴다. 그는 다름 아닌 수호사대의 대주 소대섭이었다.

"아, 대주님, 이 시간에는 무슨 일로……."

"급한 환자가 생겨서 데려왔습니다."

장자명이 눈을 가늘게 떴다.

"환자라니요? 어디에?"

고개를 두리번거리던 장자명이 소대섭의 오른손을 확인했다.

그의 오른손에는 멱살이 잡힌 채 널브러져 있는 무사가 있었다.

"여기 있습니다."

소대섭이 손에 든 무사를 툭 던졌다.

장자명은 반사적으로 쓰러진 무사에게 다가갔다.

얼굴을 알아볼 수 없을 정도로 쥐어 터진 것이, 낮에 당했던 무사들보다 상태가 심각했다.

장자명이 빠르게 붕대를 감고 약초를 으깨 얼굴에 발랐다.

응급처치를 마친 장자명은 고개를 갸웃했다.

어쩐지 체구가 조금 전 탈출한다고 나간 조호와 비슷했기 때문이다.

그때 다시 문이 열렸다.

이번에는 여자 무인이 누군가를 질질 끌고 온다.

물론 여자 무인은 심미호였다.

"헉."

장자명이 비명을 토했다.

지금 끌려 들어오는 것은 다름 아닌 장삼이었다.

탈출한다고 빠져나간 두 명의 무사가 반 시진 만에 넝마가
되어 들어온 것이다.

장자명이 소대섭에게 물었다.

"대주가 이렇게 만든 겁니까? 아무리 그래도 이건 좀 심하
지 않습니까?"

"제가 아닙니다."

소대섭이 고개를 흔들었다. 장자명의 시선이 심미호에게
향했다.

"부대주가 그러셨습니까?"

"저도 아니에요."

심미호가 고개를 젓고는 뒤쪽을 보며 눈짓했다.

장자명의 시선이 자연스레 문 뒤쪽 어둠 속으로 향했다.

순간 어둠 속에서 하얀 이를 드러내고 있는 사내와 눈이
마주쳤다.

흠칫.

착각일까?

사내의 눈은 전장에서 수많은 적의 목을 벤 아수라 같았다.

물론 사내의 정체는 한빈.

한빈이 천천히 걸어와 장자명 앞에 섰다.

"의원님, 우리 대원들 잘 부탁드립니다."

"아, 알겠습니다."

장자명은 자신도 모르게 한빈에게 포권했다.

한빈이 나가자 장자명은 고개를 갸웃했다.

저자가 천수장에서 첫날 마주한 어수룩한 사 공자가 맞던가?

그때 장삼과 조호가 정신이 들었는지 신음을 뱉었다.

"끙."

"아이고!"

그들의 앓는 소리에 장자명이 재빨리 달려갔다.

그 상황은 며칠이 지나도 같았다.

며칠 후.

장자명의 얼굴은 강시처럼 변해 갔다.

핏기도 없었고 피부는 전쟁터에서 닳고 닳은 소가죽처럼 거칠기만 했다.

장자명을 이렇게 만든 것은 수호사대의 실전 훈련이었다.

밤낮을 가리지 않고 환자가 실려 오니 장자명도 버틸 재간이 없었다.

그렇다고 여기서 도망칠 수도 없었다.

산공독을 우물에 풀었는데도 이상하게 시간이 지나면 지

날수록 무사들의 내공이 미세하게 회복되고 있었다.

이 비밀을 풀어야만 의뢰를 성공시킬 수 있을 것이다.

❧

일주일 후.

약속한 비무 날짜가 다가오자 한빈과 수호사대는 천수장을 떠났다.

산등성이를 타고 행군하는 그들의 모습은 마치 개미가 먹이를 나르는 모습과 흡사해 보였다.

그 개미 중 유독 뒤처진 개미가 있었으니 그가 바로 장자명이었다.

장자명은 산공독이 왜 효과가 없을까 하는 의문 때문에 험한 산길을 타는 수호사대 대원들의 뒤를 밟고 있었다.

장자명이 숨을 죽이며 미행하고 있을 때 앞서가던 한빈이 외쳤다.

"다들 여기에서 쉰다!"

"존명."

복명복창이 울려 퍼지고 산자락 공터에 대원들이 짐을 풀었다.

모두가 죽통을 꺼내 물로 입술을 축이고 있을 때, 심미호가 걱정스러운 표정으로 한빈에게 물었다.

"주군, 이번 비무에서 저희가 이길 확률은 얼마나 되나요?"

"이 할!"

"네? 이 할이라고요? 지난번에 소대섭 대주에게 말했을 때는 삼 할이라고 하셨다면서요?"

"확률은 변하는 거니까?"

"이렇게 열심히 훈련을 했는데, 확률이 왜 줄어든 거죠?"

"그건……."

"아, 알고 있어요. 이것도 비밀이죠."

"그래, 이제 심미호 부대주가 날 잘 아네."

"그런데, 진짜 이 할이에요? 주군도 아시잖아요. 이번 비무에 지면 저 죽어요."

"다 방법이 있으니 걱정하지 마. 심 부대주."

"무슨 방법이요? 혹시 그것도 비밀인가요?"

"부대주 본인에게까지 비밀로 할 수는 없지. 방법은 간단해."

"주군, 뭔데요?"

"지면 튀는 거지."

"아!"

심미호가 허탈하게 하늘을 올려다봤다.

그때였다.

누군가 터덜터덜 한빈에게 다가왔다.

그는 바로 막내 무사 조호였다.

조호가 포권하며 말했다.

"주군, 비무를 요청드립니다."

정중한 태도에 비해 조호는 죽일 듯 한빈을 노려보고 있었다.

조호에게 한빈은 향이와 자신을 갈라놓은 원흉이었다. 잘난 척하는 한빈의 몸에 칼침 한 방은 넣어야 분이 풀릴 것 같았다.

하지만, 문제가 있었다.

시간이 지나면 지날수록 무공이 약해진다는 점이었다.

칼도 가볍게 느껴지고 몸도 가벼워졌지만, 한빈과 맞붙으면 격차는 점점 벌어졌다.

처음에는 옷깃 정도는 스칠 수 있었는데 이제는 옷깃을 스치기도 힘들었다.

한빈의 무위가 단시간에 올라갔을 리는 없었으니 조호는 자신의 무공 수준이 내려갔다고밖에 생각할 수 없었다.

조호의 눈빛을 살핀 한빈이 말했다.

"좋지. 그럼 복면을 벗어라. 그래야 공평하지."

조호가 얼굴을 감쌌던 천을 벗어 던지며 한빈의 앞에 섰다.

"얍!"

기합 소리와 함께 조호가 번개처럼 달려왔다.

퍽!

단 일 합에 조호가 허물어졌다.

너무나 허무한 광경에 입을 벌리고 있을 때 더 황당무계한 일이 일어났다.

조호가 일어난 것이었다.

그가 다시 달려들자 한빈의 검은 더욱 빨라졌다.

팍! 팍!

한빈의 검이 말린 복어를 두드리듯 조호를 강타했다.

퍽! 퍽!

모두는 입을 벌렸다. 조호가 계속 일어날 수 있는 이유는 한빈이 힘을 조절했기 때문인 것처럼 보였기 때문이다.

사실 한빈은 구결을 캐고 있었는데, 캐내는 방식에 있어 한 가지를 깨달았다.

그것은 정신을 잃은 상대에게서는 구결을 캐기가 더 힘들다는 것이었다.

오뚝이처럼 일어나던 조호가 허물어졌다.

털썩!

한빈은 쓰러진 조호는 보지도 않고 허공을 바라봤다.

[용안(龍眼)으로 구결을 확인합니다.]

[용린검법의 기본편 중 력(力)을 획득하셨습니다.]

천수장에 와서 한빈은 비약적인 발전이 있었다.

속과 공은 열 개가 가득 차 더는 늘지 않고 체와 공이 눈에
띄게 늘었다.

[기본편]

[속(速), 속(速), 속(速), 속(速), 속(速)······.]

[체(體), 체(體), 체(體), 체(體), 체(體), 체(體)]

[력(力), 력(力), 력(力), 력(力), 력(力), 력(力)]

[공(功), 공(功), 공(功), 공(功), 공(功)······.]

[복(復)]

[응용편]

[전광석화(電光石火)]

[촉(觸)]

다만, 아쉬운 것은 응용편의 구결에 진척이 없다는 점이었
다.

"쩝."

한빈이 입맛을 다시자, 수호사대 무사들은 고개를 돌렸
다.

비무에서 수하를 저리 패 놓고 눈길조차 주지 않는 주군이
어디 있다는 말인가?

게다가 입맛까지 다시고 있다. 변태가 분명했다.

그때 무사 하나가 일어나 나왔다.

터벅터벅 걸어오는 이는 바로 장삼이었다.

나이 차는 있지만, 조호와 죽이 잘 맞던 그였다.

조호가 맞는 것을 보니 분이 치밀었다.

장삼도 자신의 무위가 시간이 지날수록 퇴보한다고 생각하고 있었다.

"저도 비무를 청하겠습니다."

"허락한다."

이어서 산중에 수련용 검이 부딪치는 소리가 울렸다.

챙! 챙!

물론 결과는 같았다.

털썩!

몇 차례 비무가 끝나자 공터 구석은 정신을 잃은 대원들로 쌓이기 시작했다.

장자명이 그 모습을 눈에 담고 있을 때였다.

한빈이 말했다.

"의원님 나오시죠."

"헉."

장자명이 헛숨을 토했다. 기척을 최대한 숨겼는데 들켜 버린 것이다.

장자명이 머리를 긁적이며 수풀 속에서 나왔다.

그 모습에 대원들이 함성을 질렀다.

"의원님이 우리를 구해 주러 오셨다!"

"그래, 믿을 건 장 의원님밖에 없지."

"장 의원님, 감사합니다."

달려가 포권을 하는 대원도 있었고 장자명을 끌어안는 대원도 있었다.

독을 풀기 위해 뒤를 밟은 장자명은 쑥스러운 표정으로 웃었다.

"하하, 아닙니다."

그 웃음소리가 끝나기도 전에 한빈이 말했다.

"제 수하들 좀 돌봐 주시지요. 훈련이 좀 과한 것 같습니다. 아끼는 수하들입니다."

한빈에 말에 모두는 다시 입을 벌렸다.

아낀다는 한빈의 말과 이제까지 보여 줬던 그의 행동이 너무도 달랐기 때문이다.

그때 심미호가 말했다.

"지금은 몇 할인가요?"

"지금은 일 할."

"아."

심미호가 머리를 감싸 쥐었다.

이것은 심미호의 진심이었다.

만약 수호사대가 진다면 자신은 이 공자에게 고문을 받다가 죽을지도 모르는 일이었다.

탄성을 지르던 심미호가 한빈을 바라봤다.

한빈의 표정에는 어떤 긴장감도 없었다.

이상하게도 한빈의 얼굴을 보면 마음이 놓이는 심미호였
다.

이틀 후.

드디어 한빈 일행이 하북팽가에 도착했다.

하북팽가의 대문을 바라보는 수호사대 대원들은 눈물을
글썽였다.

누군가가 말했다.

"그래도 집밥이 최고지."

"아, 이제야 잠을 편히 잘 수 있겠네."

안심하고 팽가로 들어가려던 그들의 발걸음을 막은 것은
뜻밖에 경비 무사였다.

"멈추시오."

손을 보이며 막는 경비 무사의 모습에 소대섭을 비롯한 대
원들이 눈을 크게 떴다.

소대섭이 외쳤다.

"대체 이게 뭐 하는 짓이냐?"

소대섭의 외침에 경비 무사가 미안한 표정으로 말했다.

"저희는 개방 방도는 받지 않습니다. 다른 집으로 가시죠."

무사의 말에 소대섭은 주변을 둘러봤다.

그러고는 탄성을 흘렸다.

"허!"

소대섭의 눈에도 그들이 거지로 보였다. 아니 정확히 말하면 거지 중에도 상거지로.

무복은 낡아서 이곳저곳이 찢어져 있었고 얼굴에는 흙먼지가 묻어 누군지 분간하기도 힘들었다.

그때 뒤쪽에서 한빈이 걸어 나왔다.

묘하게 한빈만은 붉은색 무복에 먼지 하나 묻지 않았다.

한빈이 말했다.

"나다, 문을 열어라."

"아, 죄송합니다. 그럼 이들은……."

한빈을 알아본 경비무사가 고개를 갸웃하더니 소대섭과 대원을 가리켰다.

"그래, 이들은 수호사대다. 그리고 이쪽은 수호사대의 전속 의원이신 장자명 의원이시고."

한빈이 장자명을 가리키며 소개하자 그는 어색하게 포권했다.

하지만, 마음은 편하지 않았다. 자신이 언제부터 수호사대의 전속 의원이 되었다는 말인가?

이 의뢰가 끝나자마자 꽁무니가 빠지게 도망쳐야 하는 것이 자신이었다.

장자명이 혀를 차고 있을 때, 한빈 일행은 우르르 팽가 안으로 들어갔다.

그들은 짐을 풀고 하북팽가의 대연무장에 모였다.

이제 본격적으로 비무를 준비해야 했기 때문이다.

비무까지 남은 날은 단 하루.

바로 내일이 결전의 날이었다.

대연무장에 수호사대가 모이자 한빈이 말했다.

"이곳이 너희가 결전을 치를 연무장이다. 이제 쉬도록."

"네? 그게 무슨 말씀이십니까?"

조호가 다급히 달려 나와 묻자 한빈이 말했다.

"오늘 수련은 끝이다."

"주군, 죽을 때 죽더라도 한마디만 하겠습니다."

"말해 봐라, 조호."

"저희를 강하게 만들어 주신다고 하지 않으셨습니까?"

"그랬지."

"그런데, 저희에게 가르쳐 주신 게 뭡니까? 제 무공은 오히려 퇴보했습니다. 그렇다면 내일 비무를 앞두고 초식 하나라도 알려 주셔야 하는 게 아닙니까?"

"초식이라?"

한빈이 모두를 돌아봤다.

수호사대 모두는 고개를 끄덕이고 있었다.

그들의 모습을 본 한빈이 다시 말을 이었다.

"때가 되면 알려 주지."

그 말을 마지막으로 한빈이 자리를 떠나자 여기저기서 울분 섞인 불만이 터져 나왔다.

앞장서 말했던 조호가 말했다.

"아, 향이도 잊으면서 강해지려고 했는데, 이런 내가 바보지."

"너만 속았냐? 나도 속았다. 강해진다는 명분으로 우리를 패기만 하고. 저게 무슨 주군이냐? 내일 비무만 끝나면 튄다, 튀어."

누군가가 말하자 장삼도 뒤를 이었다.

"그럼 당연하지, 나도 이제 무인 생활은 끝이야. 돈 받으면 장사나 해야지."

그때 구석에 있던 누군가가 한숨을 쉬었다.

"휴."

거친 한숨 소리가 어찌나 처량하게 들렸는지, 모두가 그쪽을 바라봤다.

그곳에는 의원 장자명이 한숨을 내쉬고 있었다.

대원들의 시선을 받은 장자명이 조심스럽게 입을 열었다.

"와, 저도 미치겠습니다. 자려고 하면 환자가 오고. 화장실에 가 있는데도 환자가 와서 볼일도 못 본 것이 한 달 가까이 됩니다······."

장자명의 넋두리에 대원들이 마주 고개를 끄덕였다.

"의원님이 고생하신 거 맞습니다. 의원님이 안 계셨다면 우리는 버텨 내지 못했을 겁니다."

조호가 말하자 장삼이 맞장구쳤다.

"조호 네 말이 맞다. 의원님이 우리에게는 은인이지."

그들의 칭찬에 잠시 뒷머리를 긁적이던 장자명이 말을 이었다.

"사실 밤낮없이 일하면서도 저는 사 공자한테 한 푼도 안 받았습니다."

장자명의 말에 연무장이 울릴 정도로 술렁였다.

"정말이야?"

"그 생고생을 하고 돈 한 푼 못 받아?"

"우리는 돈이라도 받지."

그 아우성에 장자명이 억울하다는 표정으로 말했다.

"네, 맞습니다. 세상에 이런 구두쇠도 없습니다. 사실 약값도 못 받았습니다."

말을 마친 장자명은 하늘을 올려다봤다.

물론 장자명의 목적은 한빈의 뒤통수를 치는 것이었다.

하지만, 천수장에 있으면서 의원으로서의 역할은 충분히 했다 자부했다.

그런데 어떻게 돈 한 푼 들어오는 것이 없단 말인가!

악당이라는 것을 들켰을 때의 벌은 달게 받겠지만, 선인으로 행동했을 때의 대가는 반드시 받아야 한다는 것이 장자명의 생각이었다.

비록 산공독을 풀긴 했지만, 대원의 치료는 성실하게 수행했다.

그때부터 연무장은 억울함을 토로하는 무대가 되었다.

그 모습을 몇 쌍의 눈동자가 바라보고 있었다.

한참을 보던 몇 쌍의 눈동자가 사라질 때쯤.

조호가 배를 어루만졌다.

"아저씨, 저 화장실 좀요."

"점심에 뭘 먹었길래?"

"아까 같이 천수장에서 싸 온 음식 먹었잖아요. 요즘 들어서 이상하게 아랫배가 간질간질해서요. 그런데 막상 화장실에 가면 나오지는 않고……."

조호의 말이 끝나기도 전에 장삼이 말했다.

"이상하네, 나도 그런데. 하긴 천수장의 음식이 부실하긴 했어."

그들의 대화에 다른 대원들도 고개를 끄덕였다.

정도의 차이는 있지만, 이상하게도 다들 아랫배가 간질간질했던 것이다.

이 공자의 처소.

연무장의 모습을 확인한 호위가 이 공자에게 상황을 보고하기 시작했다.

"난리도 그런 난리가 없습니다. 내일 비무는 하나 마나입니다."

"그 정도인가?"

"제가 봤을 때는 사 공자는 문제가 많은 것으로 보입니다."

"무슨 문제인가?"

"구두쇠인 데다 사람을 괴롭히는 것만 신경 쓰지, 대원들의 무위 향상에는 신경도 쓰지 않는답니다."

"그게 연극일 가능성은?"

"없습니다. 저들의 태도가 연극이라면 저들은 호위가 아닌 경극 배우가 되었을 겁니다."

"흠, 그런데 구두쇠라는 말은 무엇인가?"

"멀리서 듣자 하니 의원에게 줄 돈까지 떼먹었다고 합니다. 장자명이란 의원이 동행했다는데……."

호위의 설명이 계속되자 이 공자 팽경빈이 입꼬리를 올렸다.

자신이 삼 공자를 통해 붙여 놓은 인물까지 동행한 것으로 봐서 결말은 정해졌다.

이제 편안히 내일의 무대를 기다리면 되었다.

그런데 이 공자 팽경빈이 갑자기 한숨을 내쉬었다.

"휴."

"왜 그러십니까? 공자님."

호위가 호기심 가득한 표정으로 묻자 팽경빈이 피식 웃으며 말을 이었다.

"빨리 내일의 비무를 보고 싶은데, 시간이 너무 더디게 가네."

이 공자 팽경빈은 열린 창문 사이로 휘영청하게 떠 있는 달을 바라봤다.

달은 어딘가에 걸린 것처럼 움직이지 않았다.

물론 그것은 시간이 빨리 가기를 원하는 팽경빈의 마음에 비친 달일 것이었다.

🍃

한빈도 팽경빈과 같은 달을 바라보고 있었다.

화주를 병째 든 한빈은 입을 축였다.

그 모습에 철노가 말했다.

"공자님, 내일 비무인데, 너무 과음하시면 안 됩니다."

"괜찮아. 내가 싸우는 건 아니잖아."

그들의 대화에 심미호가 속이 터지는 듯 끼어들었다.

"주군, 너무 태평하신 거 아니에요?"

"아니야. 나도 걱정하고 있어. 심미호 부대주를 뺏기면 안 되잖아."

"지금은 몇 할이죠?"

"지금은 오 푼!"

"헐, 주군, 이제 이길 확률이 없다는 거잖아요."

"뭐, 어떻게든 되겠지."

"주군, 저 일찍 들어가 보겠습니다."

"왜, 짐 싸게?"

"눈치는 빠르시겠군요. 짐이라도 미리 싸 둬야지요."

농담 반 진담 반인 그녀의 말에 한빈이 웃었다.

"내게 배운 은신술을 써먹을 때네."

"그건 고마웠어요, 주군."

소대섭은 주로 기초 체력을 다듬었고 심미호는 그동안 한 빈에게 은신술을 사사했다.

덕분에 겉으로는 멀쩡하지만 속으로 곪아 있는 상태.

은신술에 관한 이야기가 나오자 심미호는 자신의 얼굴을 만져 봤다.

전과는 비교할 수 없이 푸석푸석해졌다.

잘 말려 놓은 육포 같은 느낌이었다.

힐끔 심미호를 본 한빈이 물었다.

"왜 그래? 심 부대주, 혹시 수련이 모자라?"

"아니에요, 주군. 이것만으로 충분해요."

심미호는 해맑게 웃으며 손을 내저었다.

한빈이 가르쳐 준 은신술은 별것 없었다.

한빈이 말한 은신술은 안 먹고 안 싸고 움직이지 않기가 비결이었다.

그 결과 이 모양이 된 것이었다.

물론 한빈의 입장에서는 가장 중요한 것을 가르쳐 준 것이었다.

한빈이 가르쳐 준 것은 귀식대법의 기본이니 말이다.

그는 고개를 들어 허공을 바라봤다.

한참을 앞을 바라본 한빈의 입가에 호선이 그려졌다.

[기본편]

[속(速), 속(速), 속(速), 속(速), 속(速)……]

[체(體), 체(體), 체(體), 체(體), 체(體), 체(體)]

[력(力), 력(力), 력(力), 력(力), 력(力), 력(力)]

[공(功), 공(功), 공(功), 공(功), 공(功)……]

[복(復)]

[응용편]

[전광석화(電光石火)]

[촉(觸), 발(發)]

발은 바로 어제 비무에서 얻은 응용편의 구결이었다.

이제 두 개만 더 얻으면 응용편의 완벽한 구결이 두 개가 된다.

다음 날 정오.

대연무장에 제법 그럴듯한 비무대가 마련되었다.

주변은 비무를 구경하기 위해 나온 이들로 가득 찼다.

그런데 조금 의외인 것은 가주가 앉을 단상이 마련되어 있다는 점이었다.

그 단상을 본 한빈이 혀를 찼다.

이 무대를 준비하기 위해서 이 공자가 얼만큼의 노력을 기울였는지를 알 것 같았기 때문이다.

이 공자와 정화 부인은 이번 비무를 통해 한빈을 팽가에서 매장시키려는 것 같았다.

비무까지는 아직 한 시간이 남아 있는 상태.

이 공자 측 호위들은 각을 잡고 매섭게 한빈 쪽을 노려보는 반면, 수호사대는 비무대 주변이 침상이라도 되는 듯 아무렇지 않게 누워 있었다.

누가 봐도 전의를 상실한 모습.

비무를 기다리는 사람들은 수호사대의 이런 모습을 보고

킥킥대며 웃었다.

"승패는 결정 났네."

"그러게, 역시 이 공자 측에 걸기를 잘했어."

"에이, 그런 소리 하지도 마."

"왜 그러나?"

"승패가 불 보듯 훤한데 누가 사 공자한테 걸어, 이 공자한 테 다 몰리니 배당금도 적을 수밖에 없지."

"배당금이 있는 것을 보니 그래도 사 공자한테 건 사람이 있나 봐?"

"어떤 미친놈이 은자 다섯 냥이나 걸었더라고."

"허, 돈이 남아도는 놈일 거야."

그들의 대화를 멀리서 듣던 한빈이 귀를 후볐다.

"왜 이렇게 귀가 간지럽지? 참, 소대섭 대주, 부탁한 건 시 간 맞춰 온다고 했지?"

"네, 정철민 명장이 직접 오신다고 했습니다."

그때였다.

멀리서 마차 끄는 소리가 들려왔다.

덜덜덜.

마차가 지나갈 때 바닥이 들썩이는 것으로 봐서 무게가 꽤 나가는 물건을 싣고 있음이 분명했다.

수레를 본 한빈은 활짝 웃으며 달려갔다.

마차 앞에는 정철민과 손녀 정소연이 앉아 있었다.

정소연은 한빈을 보자마자 마차에서 뛰어내려 달려왔다.

정소연이 두 팔을 벌리더니 한빈을 안았다.

"한빈 오라버니!"

"소연이구나. 안 본 사이에 많이 컸네."

"허허, 우리 손녀가 요즘은 편식도 안 하고 잘 먹어서 많이 컸다네. 빨리 커야 시집을 간다나 뭐라나……."

"할아버지!"

정소연이 빽 소리치자 정철민이 재빨리 화제를 돌렸다.

"자네가 부탁한 것은 내가 잘 만들어 놨다네."

"뒤에 있는 것이 저희가 쓸 물건입니까?"

"그렇다네. 자네 부탁대로 날은 안 세웠으니 수련용으로는 충분할 거야. 그런데 왜 이리 무거운 칼이 필요한 건가? 게다가 무게중심도 안 맞고 말이네."

"이 칼에 딱 맞는 무사들이 생겨서요. 오늘 일이 끝나면 언제 한번 인사드리러 가겠습니다."

한빈이 작게 포권하자 정철민이 웃음 지었다.

한참을 웃던 정철민이 두리번거리자 한빈이 물었다.

"왜 그러십니까?"

"소연이가 안 보여서 그러네."

"그럼 제가 찾아보겠습니다."

"그래 주면 고맙지."

그때 마침 잠시 사라졌던 정소연이 돌아왔다.

"할아버지!"

"에고, 할아버지가 혼자 돌아다니지 말라고 했지?"

"저도 이제 다 컸단 말이에요."

"그래, 알았으니 이제 가자."

정철민이 정소연의 손을 잡고 떠나려 할 때였다.

정소연이 정철민의 손을 뿌리쳤다.

"할아버지, 나 구경하고 갈래요."

"무슨 구경을 한다고 그러니?"

"비무 구경이요. 한빈 오라버니 수하랑 악당 오라버니 수하랑 싸운대요. 저는 한빈 오라버니 쪽에 걸었어요."

"뭐, 돈을 걸어?"

"이거 보세요."

정소연이 무지개색 전낭을 탈탈 털며 땡전 한 푼 안 남았음을 보여 줬다.

그 모습에 어색하게 웃은 정철민이 정소연의 부탁을 승낙했다.

그들의 대화에 소연을 찾으러 갔던 한빈이 끼어들었다.

"그럼 제 옆에서 관전하도록 하시죠."

"험, 그래도 되겠나?"

"그럼요. 어르신. 친구분이신 이설영 총관님도 근처에 계실 겁니다."

"고맙네."

한빈은 수하를 시켜 정철민과 정소연을 자리로 안내했고 나머지 대원을 시켜 마차 뒤 상자를 자리로 옮겼다.

한 시진 후.

가주 팽강위가 단상에 자리하자 장내가 술렁이기 시작했다.

오늘의 비무는 집법당주인 팽대위가 관장하기로 했기에 그는 단상에 자리하는 대신 비무대에 중앙에 자리 잡았다.

팽대위가 외쳤다.

"둘째와 넷째는 중앙으로 나오도록!"

동시에 한빈과 팽경빈이 자리로 나왔다.

결전을 치를 주인공이 모이자 팽대위가 말을 이었다.

"이번 비무는 약속한 대로 전통적인 비무 방식을 택하겠다. 둘째와 넷째는 상대할 무사들을 고르도록."

여기서 전통적인 팽가의 비무 방식이란?

상대편에서 상대할 무사를 고르는 것이었다.

자신이 있으면 강자를 고를 테고 자신이 없으면 약자를 고를 것이었다.

자존심을 내세우다 승부에서 질 수도 있고 자존심을 세우면서도 승리를 따낼 수도 있었다.

선택은 한빈과 팽경빈의 몫.

모두가 침을 삼킬 때 한빈이 상대를 지목했다.

"난, 저들로 선택하겠습니다."

한빈의 선택에 세 명의 무사들이 당당하게 비무대 위로 올라왔다.

순간 비무대 주변에서 울리는 함성.

"와아아!"

"이 공자의 호위다."

"강남 쪽에서 유명한 무인들이라지."

모두의 웅성거림에 팽대위는 한빈이 고른 무사들을 살폈다.

그러고는 고개를 작게 흔들었다.

지금 한빈이 선택한 것은 하남정가에서 데려온 일류 무인이었다.

누가 봐도 이번 비무 자체가 무리였다.

한빈이 왜 저들을 골랐을까?

팽대위는 한 가지 가능성을 생각했다.

승패는 이미 갈렸으니 자존심이라도 찾자는 것이 한빈의 의도라고 말이다.

물론 다른 이들도 한빈이 지목한 무사들을 보고는 똑같이 생각했다.

"승부는 끝났네."

"누가 걸릴지 모르겠지만, 수호사대만 불쌍한 거지."

"역시 수호사대에 안 들어가길 잘했지."

모두가 수군거릴 때 팽경빈이 상대를 선택하기 위해 눈을 빛냈다.

조호는 재빨리 팽경빈의 시선을 피해 재빨리 눈을 아래로 깔았다.

그때 팽경빈의 목소리가 울렸다.

"거기!"

"……."

하지만, 조호는 고개를 숙인 채 침만 삼켰다.

어차피 비무가 끝나면 돈을 받고 팽가를 떠나면 그만이니, 칼을 들어야 할 이유가 조금도 없었던 것이다.

팽경빈의 짜증 섞인 목소리가 이어졌다.

"거기 고개 숙인 호위."

조호가 고개를 들며 손가락으로 자신의 얼굴을 가리켰다.

팽경빈이 빙긋 웃으며 손짓하자 울상이 된 조호가 비무대 위로 올라갔다.

이제 팽경빈이 선택할 수 있는 무사는 둘 남았다.

수호사대 대원을 살피던 팽경빈이 고개를 갸웃했다.

조금 전 고개를 숙였던 이들이 위풍당당하게 팽경빈을 바라보고 있었다.

놀람도 잠시 팽경빈은 그 이유를 알았다.

고개를 숙이면 지목당할 것을 눈치챘기 때문이었다.

수호사대 대원을 살피던 팽경빈의 시선이 멈췄다.

허리를 두드리던 무인을 발견했기 때문이다.

"그쪽 호위는 비무대 위로 나오시게."

팽경빈이 가리킨 것은 장삼이었다.

호위들은 모두 놀랐다.

팽경빈은 지금 수호사대의 약자만을 잡아 골라내고 있었다.

마지막 지명이 끝나고 삼 대 삼 비무에 출전할 무인이 전부 정해졌다.

중앙에 선 팽대위가 외쳤다.

"첫 번째 무사 나오도록!"

그의 외침에 이 공자의 무사가 날듯이 비무대로 올라섰다.

누가 봐도 몸이 가벼워 보였다.

한빈 측에서는 순서대로 조호가 나갈 차례였다.

조호가 막 비무대로 향하려 할 때였다.

한빈이 말했다.

"비무용 도는 저걸 써."

"저걸 쓰라고요? 주군."

조호가 고개를 갸웃하자 한빈이 나무 상자를 열었다.

그곳에는 흑빛 박도가 여러 자루 놓여 있었다.

조호는 그 도를 잡았다.

고개를 갸웃했다. 아무리 봐도 별다를 것 없는 도였다.

날도 없는 것이 수련용으로 따로 제작한 것이 분명했다.

이번 비무는 날이 없는 수련용 병장기를 쓰기로 약속되어 있었다.

그래도 안심할 수는 없는 것이 치명상을 입을 가능성이 높았기 때문이었다.

박도를 보던 조호가 고개를 끄덕였다. 어떤 칼을 쓰든지 관계없다고 생각한 것이다.

조호는 적당히 피하다가 두 손을 들며 항복을 표시하고 내려올 생각이었다.

그때 한빈이 품속에서 두루마리를 꺼내며 조호에게 속삭였다.

순간 조호의 눈이 커졌다.

세상이 끝난 듯한 표정으로 올라간 조호는 이를 악물었다.

그때 팽대위의 거도가 비무의 시작을 알렸다.

쾅!

그 울림이 끝나기도 전에 이 공자 측 무사가 검을 뽑아 곧게 찔러 들어왔다.

슝!

조호의 상태가 이상했다.

붉으락푸르락하던 조호의 얼굴이 급격히 일그러졌다.

조호는 오는 검을 반보 비키며, 동시에 외쳤다.

"다 죽여 버리겠어. 이 나쁜 새끼야!"

그 외침에 이 공자 측 무사가 놀라 뒤로 물러섰다.

이제까지 볼 수 없었던 극도의 적대감이었다.

분명 전의를 상실한 상태라고 들었다.

최대한 화려한 초식을 써서 누르라고도 부탁받았다.

그런데 저런 이상한 상태라니?

하지만, 지금은 비무를 진행하는 상황.

이 공자 측 무사는 의문을 지우고 본능적으로 초식을 전개해 나갔다.

'황학초보(黃鶴草步)'

황색 두루미가 풀을 밟고 지나가듯 무기력한 상대를 제압하는 초식이었다.

두루미의 긴 다리가 지나가듯 그의 검이 화려하게 비무대 위에서 놀았다.

그의 검이 조호의 목덜미에 다다른 순간.

챙!

조호의 박도가 그의 검을 막았다.

순간 이 공자 측 무사의 눈매가 일그러졌다.

상대의 칼이 너무 무겁게 느껴졌기 때문이었다.

이 공자 측 무인은 단 일 합으로 수많은 의문을 떠올렸다.

분명 이류라 들었다. 그런데 상대의 눈은 자신의 검을 놓치지 않고 있었다.

게다가 이 압도적인 무게감이라니?

그가 의문을 떠올리기도 전에 조호의 박도가 정면으로 들어왔다.

"죽어!"

외침과 함께 정직하게 들어오는 조호의 박도.

이 공자 측 무사가 재빨리 막았다.

탕!

부르르.

검이 떨리며 살짝 밀렸다. 덕분에 그의 머리카락 한 올이 잘려 나갔다.

서걱.

무사의 눈이 커졌다.

이 공자에게 전달받은 정보는 모두 거짓이었다.

전의를 상실한 것도 아니었고 상대는 이류 무사도 아니었다.

이 정도의 중압감은 일류의 경지가 아니고서는 발현될 수 없는 것이었다.

일류의 내공에 힘이 더해진 공격.

하지만, 자신도 일류였기에 여기서 질 수는 없었다.

팡!

무사가 검을 뻗었지만, 조호의 박도에 막혔다.

챙!

예상 못 한 전개에 장내가 술렁이기 시작했다.

누가 봐도 대등하게 공방을 주고받는 모습이었다.

하지만, 조호는 아무 생각이 없었다.

그저 분노를 표출하고 싶을 뿐이었다.

조호가 지금 공격하고 싶은 것은 이 공자의 무사가 아니라 한빈이었다.

조호는 비무대에 오르기 전 한빈에게 계약서에 대해 들었다.

계약서에는 비무에서 질 경우 열 배 배상이라는 말도 안 되는 함정이 있었다.

그것도 받기로 한 돈의 열 배였다.

즉, 비무에서 진다면 은전 백 냥을 한빈에게 바쳐야 하는 것이다.

처음부터 주군인 한빈이 자신을 평생 노예로 삼으려고 계약서를 만들었다니, 분노가 치밀었다.

비무가 끝나면 팽가를 떠나려던 계획도 수포로 돌아갈 것 같았다.

부르르.

분노에 조호의 박도가 떨렸다.

"죽어!"

조호의 박도가 눈에 보이지 않을 정도로 움직이기 시작했다.

챙! 챙!

팽가의 가장 기본적인 도법인 왕자사도(王子四刀).

왕자사도는 왕(王) 자 모양을 본떠 만든 도법이었다.

옆으로 긋고.

아래로 내려치고를 반복할 뿐이었다.

모든 동작이 간단했지만, 그 위력은 간단하게 설명할 수 없었다. 점점 밀리던 이 공자 측 무사가 연무장 끝까지 밀렸다.

챙! 챙!

벼랑 끝에 선 이 공자 측 무사의 반격도 만만치 않았다. 쉼없이 조호의 칼날을 쳐 내며 반격의 기회를 노렸다. 하지만 이 공자 측 무사의 눈이 점점 커졌다.

칼의 간격은 그대로인데, 조호의 몸이 점점 다가왔기 때문이다.

급기야는 조호의 몸이 눈앞까지 다가왔다.

칭!

병장기 부딪치는 소리가 느려졌고 그 끝을 장식한 것은 호박 깨지는 소리였다.

빡!

가까이 붙은 조호가 이 공자 무사를 머리로 박은 것이다.

휘청.

순간 상대가 비무대 밖으로 떨어졌다.

명백한 조호의 승리지만, 어떤 함성도 들리지 않았다.

그만큼 구경꾼들도 놀란 것이었다.

그들이 아는 조호의 경지는 이류, 하남정가 무사의 수준은 일류였다.

단상에서 이를 지켜보고 있던 가주 팽강위의 입술이 꿈틀댔다.

그에게 중요한 것은 하북팽가의 이류 무인이 하남정가의 일류 무인을 꺾었다는 것.

비무가 시작되고 나서는 둘째와 넷째의 승패는 관계없었다. 오로지 하북의 대표하는 도의 명가와 하남을 대표하는 검(劍)의 명가가 붙었다는 사실이 중요했다.

가주 팽강위가 손뼉을 쳤다.

짝.

단 한 번의 울림이지만, 그로 인해 모두가 정신을 차렸다.

정신을 차린 구경꾼들이 함성을 질렀다.

"와아!"

그 함성을 누르는 팽대위의 목소리.

"사 공자 측의 승리, 다음 무사 나오도록."

그의 지시에 조호가 자리로 들어갔다.

천천히 들어오는 조호를 본 장삼이 일어났다.

조호는 넋이 나간 듯 장삼을 쓱 지나쳤다. 마치 실성한 것처럼 말이다.

사실 조호는 지금 정신 줄을 놓은 상태였다.

상황이 어떻게 돌아가는 건지도 실감이 나지 않았다. 그저 모든 울분을 비무대 위에서 쏟아 내고 온 느낌이었다.

그때 다음 비무를 재촉하는 팽대위의 목소리가 울려 퍼졌다.

"비무의 원활한 진행을 위해 다음 무사는 빨리 나오도록."

그 말에 장삼이 한빈과 조호를 번갈아 바라봤다.

장삼이 보기에 한빈은 조호에게 이상한 술법을 쓴 것만 같았다. 마치 마공 같은 느낌도 들었다.

하지만, 일류 무인에게 단 한 번만 승리할 수 있다면!

그게 마공이든 정파의 무공이든 관계없었다.

주군의 꼭두각시가 된다고 하더라도 이기고 싶었다.

장삼이 한빈에게 포권했다.

깊숙이 허리를 숙인 장삼이 말했다.

"주군, 저에게도 술법을 걸어 주십시오."

"알았네. 장삼."

한빈이 장삼에게 특제 수련용 박도를 건넸다. 그러고는 다시 품속에서 계약서를 꺼냈다.

"……알았지, 장삼?"

"……."

장삼은 말없이 한빈을 노려봤다.

꼭두각시가 되겠다는 결심은 먼지처럼 사라지고 오로지 분노가 심장을 뚫고 튀어나올 뿐이었다.

그는 눈이 시뻘게진 채 비무대 위로 올라갔다.

비무대 위에서 마주한 두 명의 무사.

바람이 비무대 위를 스산하게 스쳐 지나갈 때.

쿵!

팽대위가 거도를 찍는 소리에 비무가 시작됐다.

상대가 기수식을 취할 때 장삼은 아무런 동작도 취하지 않고 소리를 질렀다.

"아악!"

이쯤 되자 수호사대 무사들의 상태가 정상이 아님을 좌중도 알 수 있었다.

챙! 챙!

장삼의 박도가 빠른 속도로 움직였다.

상대 측은 막기에 급급할 뿐이었다.

밑에서 비무를 지켜보던 수호사대 무사들은 고개를 갸웃했다.

"장삼 선배가 저렇게 빨랐나?"

"그런데 우리 무위가 퇴보한 게 아니었어?"

그들은 서로 눈빛을 마주치다 시선을 한빈에게 돌렸다.

분노에 박도를 휘두르고 있지만, 장삼도 분명 느끼고 있었다.

한 달 전에 이렇게 박도를 휘둘렀다면 분명 체력이 버텨 내지를 못했을 것이었다.

거기에 중요한 것은 상대의 동작이 일목요연하게 보인다
는 것이었다.

털썩!

이 공자 측 무사가 다시 쓰러졌다.

이로써 수호사대의 승리가 확정된 것이다.

진행자로 나선 팽대위가 거도를 높이 올렸다.

"이번 비무는 사 공자 측이 승리했음을 선포한다!"

팽대위는 높이 들었던 거도를 비무대 바닥에 찍었다.

쿵!

비무대가 마치 거대한 북이 된 것처럼 울렸다.

마치 한빈의 승리를 축하하는 것 같았다.

그때였다.

이 공자 팽경빈이 다급하게 비무대 위로 올라왔다.

"이의를 제기합니다."

"지금 무슨 말인가? 결과에 승복하지 못하겠다는 말인가?"

"집법당주님, 제가 말씀드리는 것은 승패에 관한 문제가
아닙니다."

"뭐라? 승패의 문제가 아니면 무슨 문제라는 거지?"

"막내 쪽 무사들은 마공을 쓴 것이 분명합니다."

마공이라는 말에 순식간에 장내는 아수라장이 됐다.

"어쩐지 이상했어."

"마공이라면 이해가 되지."

"아까 보니 이지를 상실한 것처럼 보이기도 했고."

장내가 술렁이자 팽대위가 거도를 바닥에 찍었다.

쿵!

순식간에 장내가 쥐 죽은 듯 조용해지자 팽대위가 말을 이었다.

"마공이라? 이 공자는 그 말에 책임을 질 수 있는가?"

"책임질 수 있습니다. 이류 무사가 일류 무사를 이겼습니다. 그것도 팽가의 이류 무공인 왕자사도를 가지고요. 집법당주님, 지금 막내 측 무사의 상태를 보십시오."

팽경빈이 조호와 장삼을 가리켰다.

모두의 시선이 그들에게 쏠렸다.

모두가 고개를 갸웃했다. 장삼과 조호는 승리의 기쁨도 모른다는 듯 넋이 나가 있었다.

눈이 시뻘게진 채 말이다.

어찌 보면 합리적인 의심.

말도 안 되는 의심이 비무 결과를 뒤집을 수도 있는 상황.

가주 팽강위는 눈썹을 꿈틀댔다.

감정의 저울이 한빈에게 기울기 시작한 것이다.

가장 강한 놈에게 우두머리를 맡겨야 한다는 것이 팽강위의 생각.

그 강함의 속에는 가문에 대한 헌신도 포함된다. 그것이 가주가 갖춰야 할 기본적인 소양.

그런데 지금 팽경빈은 가문을 헌신짝처럼 버린 모양새였다.

팽가의 기본 도법을 이류라 했고 수호사대의 무사를 이류라 칭했으니까.

수호사대도 엄연한 팽가의 일원.

게다가 모두가 보는 앞에서 마공을 운운했다.

마공을 익혔다면 일벌백계로 다스려야 하지만, 공개적인 장소에서 떠들 일은 아니었다.

가주 팽강위가 자신의 팔걸이를 잡았다.

부르르.

의자가 눈에 보일 정도로 떨렸다.

팽경빈은 멀리서 자신을 쏘아보는 가주의 시선을 모른 채 말을 이었다.

"저는 저 칼과 막내의 품속에 들어 있는 비급이 마공과 관계있다고 장담합니다."

말을 마친 그가 미소 지었다.

팽경빈은 한빈 측 상황을 빠짐없이 보고받았다.

칼을 보고 살짝 놀라고 품속에서 비급을 펼치자 조호와 장삼이 이지를 상실한 상태로 비무대 위에 올랐다는 것을 말이다.

"흠."

팽대위가 헛기침했다. 지금 상황은 그야말로 진퇴양난.

승부가 정해진 상황이었지만, 마공을 운운하며 달려드는 이 공자의 말을 무시할 수도 없었다.

한빈 측 무사들이 이지를 상실한 것처럼 소리를 지르고 반사적으로 칼을 휘둘러 이긴 것도 사실이었으니까.

그렇다고 이 자리에서 마공을 썼는지를 밝힐 수도 없는 일이었다.

만에 하나, 진짜 마공을 썼다면 수호사대의 문제가 아니라 팽가 전체의 위상이 나락으로 떨어지는 일이기 때문이다.

그때 한빈이 정철민이 만들어 준 특제 수련용 도를 들고 비무대 위로 걸어왔다.

한빈이 비무대 위로 오르자 모두가 침을 삼켰다.

한빈의 행동에 따라 축제의 현장이 처형장으로 바뀔 수도 있기 때문이었다.

하지만, 한빈의 표정을 오늘따라 유난히 밝았다.

마치 연못의 연꽃이 만개한 모습이었다.

한빈은 팽경빈의 앞에 섰다.

"형님이 하신 말씀, 책임지실 수 있습니까?"

활짝 웃는 표정에 비해 어투는 건조했다.

뭔가 이상하다 느낀 팽경빈이 말없이 한빈을 바라봤다.

팽경빈이 눈매를 좁혔다. 한빈의 표정에서는 어떤 감정도 읽을 수 없었다. 화공이 아무 생각 없이 화선지에 붓을 놀린 듯 만든 표정 같았다.

아무리 생각해도 이상했지만, 지금 상황은 기호지세.

팽경빈이 목소리를 높였다.

"물론이지. 남아일언 중천금! 우리 팽가의 소가주 후보로서 내가 한 말은 지키겠다."

"지금 팽가의 소가주 후보라고 하셨습니까?"

"당연한 사실을 물어보다니 너도 마공에 미친 것이냐?"

"죄송합니다. 저는 형님이 하남정가의 소가주 후보인 줄 알았습니다."

"지금 그게 무슨……."

팽경빈은 말끝을 흐렸다. 자신에게 쏟아지는 무수한 시선을 느꼈기 때문이다.

그것은 호의가 아닌 적의에 가까웠다. 순간 아차 싶었지만, 지금 중요한 것은 막내 한빈이 마공에 손을 댔다는 것을 밝히는 것이었다.

팽경빈이 표정을 수습하고 다시 말을 이었다.

"말을 돌리지 말고 마공을 익힌 죗값을 치러라."

그때 한빈이 손에 든 도를 말없이 내밀었다.

슥.

멀뚱히 서 있던 팽경빈이 그 도를 받았다.

도를 받은 팽경빈은 고개를 갸웃했다.

한빈에게 건네받은 무기는 무겁다는 것을 제외한다면 어떤 특징도 없었다.

그때 팽대위가 손을 내밀었다.

"그 도를 줘 보거라."

"여기 있습니다."

팽경빈이 도를 내밀자 팽대위가 그것을 받아 한 번 휘둘렀다.

팽대위의 눈빛이 순간 변했다. 이를 본 팽경빈의 입꼬리가 올라갔다.

팽대위가 무미건조한 표정으로 한빈에게 물었다.

"팽가의 도보다 한 근가량 무겁구나?"

"네, 맞습니다."

"보통 도보다 무게중심이 앞으로 쏠려 있고."

"네, 맞습니다."

"평범한 무사라면 이 도를 휘두르지 못할 테지."

"네, 맞습니다."

판화를 찍어 내는 듯한 대화.

하지만, 그 내용에 장내는 다시 술렁였다.

"뭐야, 보통 무사는 휘두르지 못한다면 진짜 마공을 익혔다는 거야?"

"그런데, 왜 휘두르지 못하지? 내가 보기에는 평범한 도 같은데."

구경꾼들의 의문을 날려 준 것은 다음 팽대위의 말이었다.

"무게중심이 쏠려 있는 도에 이 정도 무게가 더해진다면,

실제 초식을 펼칠 때의 무게는 네 배 정도로 느껴지겠지."

생각해 보면 당연한 이치.

초식을 펼치다 보면 움직이는 방향을 바꿔야 한다.

그런데 무게중심이 앞으로 쏠려 있다면?

초식을 펼치는 무인에게는 두세 배의 부담으로 돌아올 것
이다.

팽경빈이 여유 있게 끼어들었다.

"그렇다면 이류 무인이 아까 비무 때 보여 줬던 속도를 내
기란 힘들다는 것이 아닙니까?"

"정확하다."

말을 마친 팽대위의 표정이 한겨울 살얼음을 덮어 놓은 것
처럼 바뀌었다.

서서히 돌아가는 팽대위의 고개.

그의 시선이 조호와 장삼에게 멈췄다.

마치 시간이 멈춘 듯한 고요함 속에 팽대위의 입이 열렸다.

"조호라 했던가?"

"……."

시선을 받은 조호가 말없이 고개를 끄덕였다. 자신의 행동
이 집법당주에 대한 불경이라는 것도 잊은 채.

팽대위가 외쳤다.

"조호는 비무대로 올라오너라!"

"그런데, 제가 지, 진짜 마공을……."

"올라오지 않으면 내가 내려가겠다!"

팽대위가 내공을 담아 외치자 억울한 표정으로 조호가 비무대로 올라왔다.

비무대로 올라온 조호의 완맥을 팽대위가 틀어쥐었다.

휙.

순식간에 완맥을 잡힌 조호는 불안한 기색을 감추지 못했다.

이제까지 시키는 대로 다 하고 속아서 노예 계약서까지 썼는데 마공이라니!

다시 분노가 치밀어 올랐다.

조호의 혈맥에 진기를 흘리며 관찰하던 팽대위의 표정을 시시각각 바뀌었다.

그 표정을 보던 팽경빈의 입꼬리는 점점 올라갔다.

찰나의 시간이 흐르고 팽대위가 조호의 완맥에서 손을 뗐다.

구경꾼들은 침을 꼴깍 삼켰다.

이제 모든 진상이 밝혀질 시간임을 아는 것이다.

하지만, 팽대위의 입은 쉽게 열리지 않았다.

그저 관자놀이를 톡톡 치며 고민을 할 뿐이었다.

한참을 고민하던 팽대위가 한빈을 바라봤다.

"왜 속였느냐?"

"속이다니, 그게 무슨 말씀입니까?"

그들의 대화에 사람들은 올 것이 왔구나 하는 표정으로 목을 길게 뺐다.

모두의 시선이 화살처럼 비무대 위에 꽂힐 때, 팽대위가 말했다.

"조호가 일류의 경지에 올라섰다는 것을 말이다."

그 말에 가장 놀란 것은 조호였다.

"제, 제가 일류의 경지라고요?"

하지만, 팽대위는 그 질문에 답하지 않고 한빈에게 다시 물었다.

"호위대의 경지가 올랐다면 당연히 가문에 보고해야 하는 것이 가칙이 아니더냐?"

"네, 알고 있습니다. 그 기한이 한 달이라는 것도요."

"그렇다면……."

"맞습니다. 한 달 전까지 조호는 분명 이류의 무인이 맞았습니다."

그 말에 장내는 아수라장이 되었다.

"뭐야? 한 달 만에 일류의 경지에 올랐다고?"

"뭐, 그럴 수도 있지."

"아니지, 조호라면 이류 중에도 아래 단계였잖아. 그런데 한 달 만에 어떻게 일류의 경지에 올라?"

이번에는 팽대위도 술렁임을 막지 않았다. 자신도 그만큼 놀라고 있었기 때문이다.

그때 한빈이 말했다.

"집법당주님, 백 근의 칼을 만 번 휘두르는 노력이 있었습니다. 저는 당연한 결과라고 생각합니다."

"흠."

팽대위는 눈매를 좁혔다.

이류에서 일류로 단시간에 오른 비결을 여기에서 물을 수는 없었다.

그것은 자신만의 비급을 모두에게 알리라고 하는 것과 같았다.

뭐, 당연하게도 가장 어이가 없는 이는 조호 본인이었다.

생고생을 했던 한 달 동안 무공이 퇴보했다고 생각했다. 거기에 더해 주군인 한빈은 남의 고통을 보며 즐기는 변태라고도 생각했다.

그런데 갑자기 팽대위가 자신을 일류라 하자 머릿속이 멍해져 아무 생각도 나지 않았다.

그때 멍하니 있던 조호를 깨운 것은 팽경빈의 다급한 외침이었다.

"그럴 리가 없습니다! 제가……."

팽경빈은 말끝을 흐렸다. 잘못하면 사람을 시켜 산공독을 풀었다고 외칠 뻔했다.

사마귀 뒤 참새, 그 뒤에 독수리

다급히 표정을 수습한 팽경빈은 한빈의 가슴을 가리키며 말을 이었다.

"분명 한빈은 가슴에 마공서를 숨기고 있습니다."

"또 헛소리더냐?"

"아닙니다. 막내가 마공서를 품고 있는 것은 모두가 본 사실입니다."

"흠."

잠시 헛기침한 팽대위가 한빈을 바라봤다.

한빈이 어색한 표정으로 품속에서 두루마리를 꺼냈다.

"이게 마공서라는 말씀인가요?"

"그렇다. 그것을 보고 네 수하가 이지를 상실하는 것을 난

똑똑히 보았다.”

“마공서는 아니지만, 비급이기에 이걸 보여 드릴 수는 없습니다.”

“보여 주지 못하겠다면 떳떳하지 못하다는 증거가 아니겠느냐?”

팽경빈의 얼굴빛이 조금 살아나자 한빈이 피식 웃으며 말했다.

“형님께는 보여 드리지 못하지만, 이게 마공서인지 아닌지를 판단해 주실 분께는 보여 드리겠습니다.”

말을 마친 한빈은 단상에 앉아 있는 가주 팽강위를 바라봤다.

그 시선만으로 모두는 한빈의 뜻을 알았다.

시선을 받은 가주 팽강위가 자리에서 일어나 비무대 위로 날아왔다.

그 모습에 좌중은 입을 턱 벌렸다.

거대한 호랑이가 하늘을 뒤덮는 듯한 착각이 들었기 때문이다.

한빈의 앞에 선 팽강위는 무심하게 두루마리를 빼앗아 들었다.

탁.

두루마리를 펼쳐 든 팽강위는 눈을 가늘게 떴다.

가장 위에 적힌 내용은 분명 계약서였다.

팽강위가 물었다.

"분명 이것이 맞느냐?"

"네, 맞습니다. 가주님, 끝까지 읽어 보시면 이해되실 겁니다."

"그래, 읽어 보마."

팽강위는 천천히 계약서를 읽어 나갔다.

시시각각 표정이 변하는 팽가의 대호(大虎).

구경꾼들은 목을 다시 길게 뺐다. 이제는 목이 몸에서 떨어질 정도였다.

계약서를 다 읽은 팽강위는 조용히 조호를 바라봤다.

"네가 서명한 것이더냐?"

"네, 그렇습니다. 가주님."

"무슨 생각으로 서명을 했더냐?"

"그, 글을 잘 모릅니다."

조호가 떨리는 목소리로 답하자 팽강위의 입에서 호쾌한 웃음이 터져 나왔다.

"껄껄!"

그 웃음에 비무대 위 모두의 눈이 커졌다.

오로지 한빈만이 그 웃음에 작은 미소로 답할 뿐이었다.

진한 웃음의 여운이 가시기도 전에 가주 팽강위가 외쳤다.

"마공에 대한 혐의는 없다! 그리고 이번 비무는 사 공자가 승리했음을 정식으로 선포한다. 이제 약속을 이행하라."

"존명!"

집법당주 팽대위가 깊숙이 포권하며 예를 갖췄다.

그때 돌아서려던 가주 팽강위가 이 공자 팽경빈을 바라봤다.

"이 공자에게 오늘부터 반년간 폐관을 명하는 바, 즉시 시행하도록!"

한겨울 새벽바람 같은 지시에 집법당주 팽대위가 다시 포권했다.

"명을 받들겠습니다."

팽대위가 고개를 들기도 전에 팽강위는 자리에서 사라졌다.

한바탕 폭풍이 휩쓸고 간 연무장 위에서 한빈은 팽경빈을 바라보며 엄지와 검지를 비볐다.

약속을 이행하라는 무언의 암시였다.

팽경빈이 한숨을 쉬며 답했다.

"누굴 원하는가?"

"이것도 달아 놓겠습니다."

한빈이 씩 웃으며 정화 부인이 있는 단상을 바라봤다.

한빈이 원하는 이는 딱 한 명이었다.

절정검 이무명.

하지만, 그는 지금 팽경빈의 수하가 아닌 정화 부인의 호위로 있다.

그의 무위를 탐낸 정화 부인의 욕심에서 벌어진 변화였다.

그가 팽경빈의 수하로 들어간다면 한빈은 재빨리 낚아챌 생각이었다.

사실 이 비무에 대한 보상은 팽경빈과의 내기가 아니었다.

그중 가장 큰 보상 하나가 막 들어오려 하고 있었다.

팽대위가 거도로 비무대 위를 찍었다.

쿵!

그 울림의 끝에 외쳤다.

"집법당 무사들은 들어라. 이 공자를 폐관동에 가둬라!"

"존명!"

복창한 집법당 무사들이 팽경빈의 팔을 양쪽에서 잡았다.

끌려가던 팽경빈이 외쳤다.

"집법당주님!"

하지만, 팽대위는 돌아보지도 않았다.

그때 한빈이 물었다.

"집법당주님, 이 두루마리가 궁금하지 않으십니까?"

"그건 됐다."

팽대위가 손을 흔들었다.

난독증에 걸린 그는 글자는 보기도 싫었으니 그것은 당연한 일이었다. 대신 그는 조호를 바라보며 포근한 미소를 지었다.

"조호라 했지?"

"네, 그렇습니다."

"시간 날 때 집법당으로 놀러 오너라."

"감사합니다, 집법당주님."

"그리고 까막눈이라 고개 숙이지 말아라. 무인의 힘은 붓이 아닌 칼에서 나오니 말이다."

"아, 알겠습니다."

당황한 조호가 말을 더듬었다.

정적 제거라는 첫 번째 보상을 얻은 한빈은 휘적휘적 비무대를 내려왔다.

그러자 동시에 구경꾼 무리가 마차 바퀴가 지나간 자국처럼 갈라졌다.

하북 최고의 겁쟁이가 만들어 낸 생경한 광경에 모두가 놀랐기 때문이다.

오죽하면 수호사대 대원들조차 한빈에게 다가가지 못했다.

오직 철노만이 한빈에게 달려갔다.

"공자님, 고생하셨어요."

"참, 철노. 내가 시킨 건 찾아왔어?"

"아, 그렇지, 빨리 다녀오겠습니다."

말을 마친 철노가 사라지자 한빈은 정철민에게 다가갔다.

"아직 계셨군요?"

"그럼, 끝까지 지켜보는 것이 도리지. 오늘 정말 시원했네."

"감사합니다. 그런데 소연이는 또 없어졌네요. 사람을 풀어 찾아보겠습니다."

"아닐세, 이제 올 때가 됐네."

그때였다.

저 멀리서 정소연이 커다란 자루를 끌고 낑낑대며 오고 있었다.

"휴."

자루를 자리까지 끌고 온 정소연이 이마에 땀을 닦자, 정철민이 황당하다는 듯 물었다.

"소연아, 그게 다 무엇이더냐?"

"제가 벌었어요."

"뭘 벌었다는 게냐?"

"아까 제 돈 다 걸었잖아요. 그게 이렇게 돌아왔어요."

정소연이 자루를 활짝 열자 정철민이 입을 벌렸다.

"헉! 이게 다……."

그는 말을 잇지 못했다. 그곳에는 철전으로 가득했기 때문이다.

한빈도 그제야 어찌 된 것인지를 알고 미소를 지었다.

"소연이가 내게 돈을 걸었구나?"

"네, 한빈 오라버니를 믿고 걸어서 이렇게 벌었어요."

"그래, 잘했다. 믿는 자에게 복이 오는 것이다. 그런데 이 돈은 다 어디에 쓸 것이냐?"

"시, 시, 아니. 그냥 모아 둘 거예요."

"그래, 도둑맞지 않게 할아버지에게 맡기거라."

한빈은 정소연을 보고 웃었고 옆에서 이를 지켜보던 정철민도 어색하게 웃었다.

그때였다.

철노가 헉헉대며 한빈의 곁으로 다가왔다.

그 모습에 정철민이 물었다.

"철노, 자네도 돈을 걸었는가?"

"저도 조금 걸었지만, 이건 공자님 돈이에요."

철노가 자랑하듯 자루를 활짝 열었다.

정철민이 헛숨을 들이켰다.

"허, 그거참."

자루 속에는 철전이 아닌 은전으로 가득 차 있었다.

팽가의 한 달 예산을 싹 쓸어 담은 것 같은 느낌이 들 정도의 자금이었다.

정철민의 생각은 반 정도는 맞았다.

팽가 무사들의 한 달 봉급이 녹아들어 있는 돈이니 말이다.

그 후 한빈과 대화를 이어 나가던 정철민이 정소연의 소매를 잡아끌었다.

뒤쪽에서 다가오는 수호사대 무사들을 봤기 때문이다.

오늘의 주인공은 그들.

자리를 비켜 주는 것이 예의였다.

"소연아, 이제 가자꾸나. 그리고 오늘 고마웠네."

정철민이 고개를 돌려 한빈에게 감사를 표했다.

"아닙니다. 언제든 놀러 오십시오."

한빈이 살짝 고개를 숙였다.

정철민과 정소연이 시야에서 사라지자 수호사대 무사들이 어느덧 한빈의 뒤에 도착했다.

"주군!"

"주군!"

똑같이 한빈을 부른 그들은 동시에 한쪽 무릎을 꿇었다.

그 모습에 모두의 시선이 집중되었다.

그때 한빈이 말했다.

"무슨 일인지는 모르겠지만, 밥부터 먹자."

순간 실 끊어진 연처럼 모두의 긴장감이 풀렸다.

"하하."

"허허."

여기저기서 웃음소리가 새어 나왔다.

⁂

하북팽가 가주전.

팽강위가 태사의에서 팔짱을 끼고서 대전의 문을 바라보고 있었다.

그때 문이 거칠게 열리고 누군가가 달려왔다.

팽강위는 그럴 줄 알았다는 듯 말했다.

"늦게 왔군."

"네, 일 좀 처리하느라 늦었습니다."

"그럼 뒤에 숨긴 거나 이리 내놓고 편안히 앉게."

"아, 어떻게 아셨습니까?"

팽대위가 뒤에 숨긴 호리병 두 개 중 하나를 내밀었다.

호리병을 받은 팽강위가 뚜껑을 열고 냄새를 맡았다.

"좋은 술이군."

"네, 제가 돈 좀 벌었습니다."

팽대위가 넉살 좋게 웃었다.

"돈을 벌었다고?"

팽강위가 눈매를 좁히자 팽대위가 손을 내저었다.

"아무것도 아닙니다. 그저 공돈이 생긴 겁니다."

이번 비무에 대한 내기에 돈을 걸었다고는 차마 말할 수
없었다.

솔직히 팽대위가 돈을 벌게 된 것은 순전히 우연이었다.

난독증 때문에 팽경빈에게 걸려고 했던 것을 한빈에게 잘
못 걸었기 때문이었다.

"일단 드시죠."

"그러지."

술병이 허공에서 기분 좋게 부딪쳤다.

탕!

그 여운의 끝에 팽대위가 입을 열었다.

"둘째에 대한 처벌은 대체 어떻게 된 것입니까? 혹시 비무에 져서입니까?"

"아니네, 그것은 가문을 멸시한 것에 대한 벌이네."

"가문을 멸시했다고요?"

"그 얘기는 그만하세. 가주의 권한이라 생각하게."

대화가 잠시 끊기고 다시 술을 들이켜는 소리만 울렸다.

살짝 눈치를 보던 팽대위가 물었다.

"그건 그렇고 막내는 대체 어떻게 된 것입니까?"

"무엇을 말하는가?"

"그 비급 말입니다. 저도 궁금했지만, 형님도 아시다시피 저는……."

"아, 그건 비급이 아니었어."

"네?"

팽대위가 눈을 크게 뜨자 팽강위가 웃었다.

"비급은 아니지만, 비급이라고 할 수도 있지."

"대체 그게 무슨 말씀이신지?"

"그건 계약서였어. 그러니까……."

설명을 다 듣고 난 팽대위가 입을 벌렸다.

"헉! 그래서 조호와 장삼이 이지를 상실한 것처럼 보인 것이군요."

"이지를 상실한 것처럼 보인 게 아니지. 이지를 상실한 상태가 맞았어. 내가 돈 한 푼 안 주고 동생을 부려 먹는다면 이해할 수 있나?"

말을 마친 팽강위가 팽대위의 반응을 살폈다.

역시나 팽대위는 도리질 친다.

"당연히 이해 못 하죠."

"그럼 실수했을 때 열 배로 배상하라면?"

"그것도 좀……. 듣고 보니 악마 같은데요."

"하하, 동생 말이 맞을지도 모르지."

팽강위가 호탕하게 웃었다.

그 웃음소리가 어찌나 큰지 가주전 밖으로 새어 나가 지나가는 사람들이 모두 들을 정도였다.

그 웃음의 끝에 팽강위가 눈매를 좁혔다.

"깃발을 내리게."

"깃발을 내린다면……."

"동생이 생각하는 그 깃발이 맞아. 이번 비무를 통해 가능성을 보여 줬으니 보상을 줘야지."

말을 마친 팽강위가 손가락을 튕겼다.

딱!

그 소리가 끝나기도 전에 총관이 하인을 데리고 들어왔다.

그들은 팽강위의 앞에 붉은색 천을 가지런히 펼쳤다.

팽강위가 그 앞으로 가 붓을 들었다.

휙! 휙!

팽강위의 붓이 망설임 없이 천 위에서 미끄러졌다.

탁!

붓을 멈춘 팽강위가 천을 바라보며 태사의 옆에 있는 거도를 들었다.

쉿!

거도로 바닥을 그은 팽강위는 진각을 밟았다.

쾅!

동시에 천이 분리되었다.

분리된 천은 누가 봐도 깃발의 모양이 되었다.

만족스러운 눈빛으로 깃발을 바라보던 팽강위가 말했다.

"이 깃발은 자네가 전해 주게."

"형님이 직접 안 하시고요?"

"나도 오늘부터 폐관에 들어야겠네. 막내 놈을 보고 조금 깨달은 게 있어서 말이지."

팽강위는 품속에 손을 넣었다.

그의 오른손에 딸려 나오는 은빛 물체.

물체를 본 팽대위는 재빨리 포권했다.

그 모습에 팽강위가 은빛 물체를 팽대위에게 던졌다.

물체가 날아오자, 포권을 푼 팽대위가 재빨리 그것을 받았다.

"가주 패를 왜 제게……."

"오늘부터 네가 가주 대행이다."

"아, 형님!"

집법당주 팽대위가 울부짖었다.

가주 대행이라는 직책이 부담스러운 것이 아니었다. 눈코 뜰 새 없이 밀려들 서류 뭉치가 두려운 것이었다.

그날 오후 수호사대 전용 연무장.

연무장에는 수호사대 무사들이 모여 있었다.

무사 중 하나가 조호에게 물었다.

"조호, 일류라니 부럽다. 그런데 어떻게 그런 기연을 얻게 된 거야?"

"지금 저한테 축하할 일이 아니에요. 선배도 일류예요."

"뭐라고?"

"잘 생각해 보세요. 선배의 칼이 얼마나 빨라졌는지. 그리고 저처럼 아랫배가 간질거린다고 하셨잖아요."

"그렇지, 음식을 잘못 먹어……."

"그거 내공이래요. 아까 집법당주님께 들었어요."

"헉!"

무사가 비명을 지르자, 다른 이들도 자신의 아랫배를 만져

보았다.

"나도 그래."

"나도."

"어떻게 이런 일이 생긴 거야?"

여기저기서 웅성대는 소리에 조호가 말을 이었다.

"들어 보니 훈련의 성과라네요."

"우리가 그 생고생을 한 게 헛일이 아니었다는 거야? 그럼 그놈이⋯⋯."

무사가 한빈에 대해 말을 하려 할 때였다.

조호가 번개처럼 도를 무사의 눈앞에 갖다 댔다.

슥.

놀란 무사가 뒷걸음치며 외쳤다.

"아, 조호! 지금 무슨 짓 하는 거야?"

"주군에 대한 불경한 발언은 제가 용서하지 않습니다."

"⋯⋯."

무사는 말없이 고개를 숙였다.

조호가 일류의 경지에 올랐다면 자신도 일류일 터였다. 은 공에게 그놈이라니!

입이 두 개라도 할 말이 없는 상태였다.

조호는 힐끔 장삼을 바라봤다.

시선이 마주친 장삼이 웃으며 고개를 끄덕인다.

동시에 수호사대 무사 전체가 이해한다는 듯 고개를 끄덕였다.

하나 된 마음이 같은 행동으로 이어진 것이다.

조호가 쑥스러운 표정으로 말을 이었다.

"아까는 흥분해서 생각을 못 했는데, 눈앞에 들어오는 하남정가의 검이 두렵지 않았어요."

"그건 나도 그랬다네."

장삼이 덧붙이자 나머지 무사들이 목을 길게 빼고 조호의 다음 이야기를 기다렸다.

"저 칼의 무게가 다른 것에 비해 두 배가 무겁대요."

조호는 무사들이 차고 있는 수련용 도를 가리켰다.

정철민에게 받은 특제 수련용 병기를 고루 나눈 후였기에 그들 모두 허리에 그 도를 차고 있었다.

"하나도 무겁게 느껴지지 않는데……."

"그러니까. 분명 훈련 성과는 있었어요. 그런데 이해가 안 되는 건 백 근의 칼을 만 번 휘둘렀다고 주군이 그러셨는데, 저는 기억이 안 나거든요."

조호가 고개를 갸웃하자 장삼이 말했다.

"그게 중요한 것이 아니지, 우리 이류 인생을 바꿔 준 은공을 만났다는 게 중요한 거야."

장삼이 자리에서 일어나 한빈의 처소 쪽을 바라보며 정자세를 취했다.

그와 동시에 모두가 자리에서 일어났다.

늦게 도착한 소대섭과 심미호도 그들의 앞에서 같은 자세를 취했다.

◈

식사를 마친 한빈은 수하들이 기다리고 있는 연무장으로 휘적휘적 걸어갔다.

뒤쪽에서는 철노가 숨을 몰아쉬며 돈 자루를 들고 따라왔다.

"공자님, 그 소식 들었어요?"

"무슨 소식?"

"가주님이 폐관 수련에 들어가셨다네요."

"아, 둘째 형님과 같이 들어가신 건가?"

"이 공자는 말이 좋아 폐관이지 감금이고요. 가주님은 정식으로 폐관 수련에 들어가셨다고 해요. 그래서 집법당주님이 가주 대행을 맡으셨대요."

"아, 가슴 아픈 일이네."

한빈은 서류와 싸울 집법당주 팽대위를 떠올리고는 진심으로 그를 애도했다.

잠시 후, 연무장에 도착한 한빈은 이상한 광경에 고개를 갸웃했다.

소대섭과 심미호가 가장 앞쪽에 서 있었고 뒤쪽에 수호사대 대원들이 정렬해 있었는데, 문제는 어떤 움직임도 없다는 점이었다.

누가 보면 석상이라 착각할 정도로 각이 잡힌 모습.

한빈이 다가오자 수호사대는 세상이 떠나가라 소리를 질렀다.

"충!"

"충성!"

"주군, 오셨습니까?"

그 목소리에 한빈이 손을 흔들었다.

"다들 왜 그래, 쉬라고 했잖아."

한빈의 말에 조호가 뛰어왔다.

"아닙니다, 주군. 오해해서 죄송합니다."

"무슨 오해?"

"아, 그게……."

조호가 말끝을 흐리자 한빈이 웃었다.

"괜찮아. 사실 오해 아니야. 나는 그렇게 좋은 사람은 아니니까."

"그런데 주군, 궁금한 게 있습니다."

"말해 봐라."

"저희가 두 배나 나가는 칼의 무게를 느끼지 못했던 것은 왜입니까?"

"내가 아까 말했잖아. 백 근이 넘는 칼을 만 번 넘게 휘둘렀는데 두 배 차이를 어떻게 느끼겠어?"

"저희가 백 근의 칼을 휘둘렀다고 하셨습니까?"

"밧줄을 타면서 너희 몸무게를 버텼잖아."

"아."

조호가 탄성을 토했다.

밧줄이 칼의 손잡이고 자신의 몸이 칼의 무게라는 것을 이제야 깨달은 것이다.

조호가 깊숙이 포권했다.

"어떤 일이 있어도 주군을 배신하지 않겠습니다."

"어떤 일이 있어도? 예를 들어 아랫마을 향이랑 헤어지게 만들어도?"

"음."

조호가 침음을 삼켰다.

일류의 경지에 오른 기쁨 때문에 잠시 잊고 있었던 아픈 기억을 떠오른 것이다.

한빈이 힐끔 철노를 바라봤다.

"철노, 그것 좀 줘."

"네, 공자님. 여기 있어요."

철노가 자루를 건넸다. 내기 판에서 돈을 싹 쓸어 담은 그 자루였다.

한빈이 자루를 열었다.

그 자루 안에는 은전으로 가득 차 있었지만, 그 위에는 편지 몇 장이 접혀 있었다.

한빈은 그 편지를 꺼냈다.

"이거 받아라."

한빈이 무심한 표정으로 편지 뭉텅이를 던졌다.

놀란 조호가 물었다.

"이게 뭡니까? 주군."

"향이한테 온 연서다."

연서라면 연애편지. 시집간다던 향이가 자신에게 연서를
보냈다는 것이 믿어지지가 않았다.

게다가 자신은 까막눈이 아니던가?

그 의문을 한빈이 풀어 주겠다는 듯 말했다.

"내가 대신 써 줬다. 마음은 돌려놨고."

"네?"

"그리 놀라지 말고, 글공부는 좀 해 둬라, 내가 계속 써 줄
수는 없는 일이 아니냐?"

"아⋯⋯."

긴 탄성의 끝에 조호가 무릎을 꿇었다.

털썩!

그리고 흐느껴 울었다.

"흐흑."

감정이 전염된 것일까?

수호사대 무사들 전체가 눈물을 글썽였다.

한참을 눈물을 글썽이던 조호가 물었다.

"저 마지막으로 하나만 더 물어볼게요. 제가 이리 강해졌는데, 왜 주군과 비무를 하면 그 차이를 못 느끼는 건가요?"

"그건 말이다……."

"뭡니까? 주군."

"비밀이다."

한빈이 씩 웃자 조호가 조용히 포권하며 물러났다.

조호는 한빈이 힘을 숨기고 있다고 생각했다.

그 모습을 보던 심미호가 조용히 물었다.

"주군, 그때 이길 확률이 오 푼이라고 하셨잖아요? 어떻게 된 거예요?"

"아, 그거 잘못 말한 거야."

"잘못 말하셨다니……."

"이길 확률이 아니라 질 확률을 말했던 거야. 그러니 신경 쓰지 마."

"주군, 대체 왜? 저 진짜 짐 쌌단 말이에요."

심미호의 눈동자가 파르르 떨렸다.

그 감정의 소용돌이를 잠재우기 위해 한빈이 일어났다.

"자, 다들 앞으로 나와라. 약속한 돈 받아 가야지. 소 대주가 나눠 줘."

탁!

한빈이 자루를 소대섭 앞에 던졌다.

가득한 은전에 소대섭이 놀랄 때였다.

한빈이 눈을 반짝였다.

소대섭과 심미호의 몸에 변화가 생긴 것이다.

반짝반짝.

구결을 나타내는 점은 뜨거운 태양 아래에서도 선명하게 빛났다.

한빈이 지체 없이 말했다.

"소 대주, 심 부대주."

그 부름에 소대섭과 심미호가 즉시 답했다.

"네, 주군."

"말씀하세요, 주군."

한빈이 활짝 웃으며 외쳤다.

"비무 한판 하자!"

한빈의 외침에 연무장에서 각을 잡고 서 있던 수호사대 무사들이 칼을 높이 올렸다.

"실전!"

"훈련!"

시키지 않아도 자동으로 나오는 구호에 한빈이 천천히 연무장 가운데로 걸어갔다.

그런 한빈을 보며 소대섭은 도살장에 끌려가는 소처럼 어기적어기적 걸어갔다.

수련용 병기를 뽑아 든 한빈과 소대섭이 달려갔다.

챙!

한빈의 시야에 구결 획득을 알리는 글귀가 떴다.

[용안(龍眼)으로 구결을 확인합니다.]
[용린검법의 응용편 중 즉(卽)을 획득하셨습니다.]

구결을 확인한 한빈은 다시 검을 찔러 들어갔다.

동시에 소대섭의 입에서 비명이 쏟아졌다.

"헉!"

잠시 후.

심미호까지 눕힌 한빈은 검을 거두고 허공을 바라봤다.

이번 비무의 성과는 엄청났다.

두 번째 응용편 구결을 완성한 상태였다.

일촉즉발이라는 초식을 새로 얻었다.

[일촉즉발(一觸卽發) – 몸을 화살처럼 쏘아 냅니다. 검 끝에 기를 응집합니다. 필요 공력, 삼 년. 소모 후 열두 시진 후 회복.]

용린검법을 기준으로 놓고 봤을 때 한빈은 하루가 다르게 성장하고 있었다.

조금 전 조호가 한빈에게 던진 질문의 답이 바로 여기에 있다.

그들도 강해졌지만, 한빈은 더 강해졌기 때문이다.

[기본편]
[······]
[응용편]
[전광석화(電光石火)]
[일촉즉발(一觸卽發)]

연무장 중앙에서 한빈이 허공을 보며 웃음 짓고 있을 때 철노가 황급히 달려왔다.

"공자님."

"왜 그래? 철노."

"집법당에서 무사들이 오고 있습니다."

"집법당에서? 또 누가 사고 쳤어?"

한빈은 쩌렁쩌렁한 목소리를 내며 무사들을 하나씩 살폈다.

무사들은 서로를 바라보며 고개를 갸웃했다.

그렇게 한빈과 수호사대가 술렁이고 있을 때였다.

집법당 무사들의 발소리가 가까워졌다.

점점 가까워지는 집법당 무사들을 본 한빈이 고개를 갸웃했다.

집법당 무사들의 모습이 이상했기 때문이다.

그들 중 앞장선 이는 커다란 깃발을 들고 있었다.

"뭐지?"

한빈이 고개를 기울일 때 집법당 무사 하나가 달려와 포권했다.

"공자님께 인사드립니다."

"무슨 일이지?"

"깃발을 가져왔습니다."

"깃발?"

때마침 집법당 무사들의 행렬이 의당 앞에 멈췄다.

한빈은 깃발을 바라봤다.

펄럭이는 거대한 깃발.

앞에는 맹호(猛虎), 뒤에는 사(四)라는 글자가 선명했다.

한빈은 그제야 이 깃발의 의미를 알았다.

팽가에서 수호사대를 완전한 무력대로 인정한다는 것이었다.

즉 단순한 호위가 아니라 외부에서 무력을 행사할 수 있는 권한이 내려진 것.

깃발을 든 무사가 외쳤다.

"막내 공자는 이 깃발을 받으시오!"

한빈이 깃발을 든 무사 앞에 무릎을 꿇었다.

깃발은 가주가 내리는 것.

한빈은 그 어느 때보다 공손한 표정으로 포권했다.

포권한 손으로 깃발이 전해졌다.

깃발을 잡은 한빈이 일어나 외쳤다.

"우리 수호사대는 이제 팽가의 정식 무력대인 맹호사대로 거듭났다!"

동시에 이어지는 함성.

몸 여기저기를 붕대로 감싼 한빈의 수하들이 함성을 질렀다.

"와!"

"주군 만세!"

모두가 무아지경 속에서 칼로 바닥을 치기 시작했다.

쿵, 쿵.

사실 연무장 바닥보다 더 심하게 울리고 있는 것은 그들의 가슴속이었다.

집법당 무사들이 사라지고 맹호사대의 호칭을 받은 한빈 일행만이 남아 있는 상황.

한빈이 심미호에게 턱짓했다.

한빈에게 신호를 받은 심미호가 포권하며 자리에서 사라졌다.

그때 소대섭이 슬쩍 다가왔다.

"주군, 그런데 집법당주님은 괜찮으실까요?"

"소 대주, 왜 그분 걱정을 해?"

"지난번에 무슨 병이 있다고 그러시지 않았습니까?"

"아, 난독증 말이지?"

"네, 지금 서류 더미에 둘러싸여 계실 텐데……."

"그러게, 그분 성격이 주화입마라도 걸리면 걱정인데 말이야. 감사 인사도 할 겸 한번 가 봐야겠네."

"네, 한번 가 보시는 게 좋을 것 같습니다."

"뭐, 그러지 않아도 집법당에 볼일이 있어."

"집법당에 볼일이라고요?"

"그건 비밀이야."

한빈은 조용히 집법당이 있는 곳으로 시선을 돌렸다.

하북팽가의 집법당.

팽대위는 문서 더미 앞에서 기지개를 켜다가 고개를 갸웃했다.

"어라? 왜 이렇게 귀가 간지럽지?"

"의당에라도 가 보시죠."

"아니야, 괜찮아. 그런데 깃발을 잘 전달했다고 했지?"

"네, 그렇게 알고 있습니다."

"참, 무씨검가 쪽에서는 아무 말 없어?"

"네, 아직까지는 조용합니다."

팽대위는 관자놀이를 톡톡 쳤다.

이상한 일이었다.

그날 이후 무씨검가에서는 어떤 항의도 없었다.

물론 지금 문제는 그것이 아니었다.

그의 골머리를 썩이게 만드는 것은 가주가 폐관에 들면서 넘기고 간 산더미 같은 서류였다.

어떻게 반나절 만에 서류 더미가 허리 높이만큼 쌓인다는 말인가?

그전까지 일부러 서류를 검토하지 않다가 폐관에 들면서 모든 일은 떠넘긴 듯한 느낌마저 들었다.

가주전에서 집법당으로 피신을 했지만, 서류는 팽대위가 있는 곳으로 배달됐다.

그의 앞에 쌓여 있는 수많은 서류 더미는 날이 선 검보다도 무서웠다.

"제길!"

팽대위는 집법당까지 배달된 서류 더미를 걷어찼다.

그때였다.

집법당 무사가 조심스럽게 팽대위에게 걸어왔다.

"당주님!"

"무슨 일이냐?"

"투서가 들어왔습니다."

"투서? 일단 가져와 봐."

"둘째 마님께서 직접 들고 오셨습니다. 곧 도착……."

무사의 말이 끝나기도 전에 정화 부인이 호위를 대동하고 사뿐사뿐 걸어왔다.

가주의 둘째 부인이 등장하자 집법당의 무사들이 술렁대기 시작했다.

약간의 소란이 일자 팽대위가 손바닥을 보였다.

바로 조용해지는 무사들.

그 무사들을 아랑곳하지 않고 정화 부인은 당당히 집법당의 한가운데에 섰다.

그녀를 본 팽대위가 고개를 숙였다.

"오셨습니까? 형수님."

"네, 잘 지내셨습니까?"

"점심때 비무장에서도 뵙지 않았습니까? 그런데 투서라니 이게 무슨 말이죠?"

"새로 소가주가 된 막내 공자의 품행에 문제가 있는 것 같아서요."

"품행이라?"

"이걸 읽어 보시죠."

정화 부인이 서찰을 건넸다.

서찰을 받은 팽대위가 자신도 모르게 인상을 와락 구겼다.

난독증이 있는 자신에게 서찰은 독이었다.

그런데 아무렇지도 않게 이렇게 빽빽한 내용의 서찰을 건네자 표정 관리가 안 되었다.

"서찰은 받은 걸로 치고 그냥 말로 해 주시죠."

"그런 간단히 말하겠습니다. 막내 공자가 천리 표국과 결탁했습니다."

"천리 표국이라?"

팽대위가 눈썹을 꿈틀했다. 대충 상황은 들어서 알고 있는 바였다.

그런데 내부에서 그걸 쑤실 줄은 몰랐었다.

가주는 폐관에 들고, 첫째 부인은 친정에 가 있는 이런 상태에서 말이다.

이해 못 하는 건 아니다.

자신의 친자식인 이 공자의 명예가 바닥에 떨어진 상황에서 그녀가 못 할 행동은 아니었으니 말이다.

정화 부인이 잠시 뜸 들이는 팽대위를 재촉했다.

"모르시는 건 아니죠?"

그때였다.

뒤쪽에서 헛기침 소리가 들렸다.

"흠."

갑작스러운 기척에 정화 부인이 살짝 놀랄 때였다.

기침 소리의 주인이 말을 이었다.

"제 얘기를 하고 계셨나 봅니다."

그곳에서는 한빈이 정화 부인을 보며 웃고 있었다.

살짝 입을 벌린 정화 부인 대신 팽대위가 앞으로 나왔다.

"그러지 않아도 부르려던 참이다. 지금 너의 행실에 대한 투서가 들어왔다."

팽대위가 서찰을 흔들었다.

그것도 잠시, 그의 표정은 얼음장처럼 차갑게 변했다.

투서가 들어온 이상 집법당주로서 감찰의 의무가 있었기 때문이다.

이 상황이 감찰이 목적이 아니라 후계 구도를 염두에 둔 정치질이라는 것을 팽대위도 잘 알고 있었다.

하지만, 집법당주로서 공정해야 했다.

그의 표정을 본 한빈이 깊숙이 포권했다.

"잘 알겠습니다. 그럼 제가 해명해도 되겠습니까?"

"물론이다."

팽대위가 고개를 끄덕이자 한빈이 뒤를 바라보며 손가락을 튕겼다.

딱!

동시에 심미호가 달려왔다.

그녀는 품에서 서찰 하나를 꺼내 한빈에게 건넸다.

한빈은 팽대위와 정화 부인을 번갈아 보다 서찰을 정화 부인에게 건넸다.

"이걸 읽어 보시는 것이 이해가 빠를 듯합니다."

정화 부인이 떨떠름한 표정으로 한빈을 바라봤다.

물론 팽대위는 기특하다는 듯 고개를 끄덕였다.

팽대위에게 가득 쌓인 서류만큼 무서운 것은 없었다.

그의 기분을 맞춰 주는 것은 팽가에서 한빈이 최고였다.

서찰을 읽은 정화 부인이 미간을 좁혔다.

"이게 어쨌다는 건가? 막내 공자."

"경쟁자와의 결탁이 아닌 거래입니다."

"천수장을 관리하는 데 대한 비용은 누가 책임지지?"

쏘아붙이지만, 소가주 후보인 한빈에게 예의는 갖추는 부인이었다.

한빈이 정중히 말했다.

"요약된 계약 내용을 보시면 아시겠지만, 제가 책임집니다."

"그럼 소유권도 사 공자에게 있고, 책임도 사 공자에게 있다는 건가?"

"보시다시피요."

한빈이 서찰을 가리켰다.

이것은 관에서 공증을 받아 온 서류.

서류의 직인을 살핀 정화 부인이 다시 물었다.

"그럼 가문에게는 해를 끼치지 않는다는 건가?"

"모든 책임은 제가 가져갑니다. 저는 이것을 집법당주님께 공증받기를 청합니다."

한빈이 눈을 빛냈다.

이 정도의 공격은 들어올 것이라 생각했다.

모든 책임을 자신이 진다는 것은 천수장에 대한 소유권이 가문이 아닌 자신에게 있다는 것이다.

이것이 핵심이었다.

앞으로 얻게 될 이익을 누구와도 나누기 싫었다.

그것은 온전히 자신의 몫이 되어야 했다.

한빈은 그 확인을 여기서 받으려는 것이다.

"장담할 수 있나?"

"네, 소가주 후보의 신물을 걸고 맹세하겠습니다. 천수장에서 나오는 불이익, 이익 모두 온전히 제가 받을 것을 이 검을 걸고 맹세합니다."

한빈이 검을 높이 들자 팽대위가 자신의 거도를 바닥에 찍었다.

쿵!

"그 맹세를 나와 내 칼이 기억하겠다."

모든 것이 마무리되는 듯한 분위기에 정화 부인이 한 걸음 나왔다.

한빈의 눈에는 그것이 마지막 발악처럼 보였다.

치마를 끌며 앞에 선 정화 부인은 잠시 아무 말 없이 한빈을 바라봤다.

그것도 잠시 그녀의 붉은 입술이 열렸다.

"그럼 실추된 팽가의 명예는 어떻게 할 건가? 사 공자."

"팽가의 명예가 실추되었습니까?"

"경쟁자와의 거래 자체가 팽가의 명예를 실추한 것이라 보는데."

"훈련을 위해 경쟁자를 이용한 것이 팽가의 명예를 실추한 것입니까?"

"이용당한 게 아니라 이용한 것이라는 것은 어떻게 장담하지?"

"그건 비무의 결과로 대신하겠습니다."

"음."

정화 부인의 눈썹이 꿈틀댔다.

그것도 잠시 정화 부인의 입이 다시 열렸다.

"그럼 네가 했던 모든 일에 대해 직접 책임을 지거라. 가문이 도움 없이!"

"네, 그리하겠습니다."

"만약에 그 약속을 지키지 못하는 상황이 온다면 그 검을 내려놓거라."

그 뜻은 하나였다.

소가주 후보 자격을 내려놓으라는 의미.

한빈이 의미심장한 표정으로 말했다.

"그럼 저도 부탁 하나 하지요."

"말해 보아라."

"만약 제게 도움을 청하실 일이 생긴다면, 그때 부탁 하나 드리겠습니다."

"부탁이라……."

"다른 건 아니고 이 호위를 제게 주십시오. 물론 제가 그를 실력으로 복종시키는 것이 먼저겠지만요."

"풋."

정화 부인이 헛웃음을 터뜨렸다.

그러거나 말거나 한빈은 정화 부인 옆에 있는 호위를 바라봤다.

호위의 이름은 이무명.

한빈이 탐내는 무사였다.

성씨는 다르지만, 하남정가의 모든 것을 물려받은 절정의 검객.

그를 보는 것은 오늘이 처음이었다.

한빈은 이무명에게서 눈을 떼지 못했다.

그의 허리에 일렁이는 선명한 점.

한빈은 넘어가려는 침을 겨우 참았다.

한빈의 말에 실내가 술렁이기 시작했다.

무사 중 하나가 속삭였다.

"개작두 아래에 목을 디미는 거잖아."

"혹시 모르지."

"누가 이길까?"

"에이, 비무가 이루어질지도 결정이 안 난 거잖아."

그들의 웅성거림은 팽대위의 눈빛에 막혔다.

다시 쥐 죽은 듯 조용해진 실내.

정화 부인이 말했다.

"허락하지. 그것도 내가 증명하겠다."

팽대위가 도를 높이 들자 한빈이 손을 내저었다.

"그거 말고 그냥 문서로 약속해 주시면 안 되겠습니까?"

"흠."

팽대위가 입을 가리고 헛기침했다.

그 모습에 정화 부인은 냉기를 펄펄 날리며 나갔다.

정화 부인이 나가자 팽대위는 관자놀이를 지그시 눌렀다.

가시 돋친 꽃과 대화를 나누는 것은 어찌 보면 서류를 보는 것보다 더 힘든 것 같았다.

"휴."

한숨을 내쉰 팽대위가 고개를 갸웃했다.

한빈이 그를 바라보고 서 있었기 때문이었다.

"사 공자는 왜 나를 빤히 보고 있는 것인가?"

"부탁드릴 게 있어 찾아왔습니다."

"말해 보아라."

"집법당주님께 비무를 청하고 싶습니다."

"내게 비무를……."

팽대위는 웃음을 참느라 말을 잇지 못했다.

터져 나오려는 웃음을 겨우 참고 있는 것이었다.

겨우 표정을 수습한 팽대위가 말했다.

"좋다."

"그럼 가시지요."

말을 마친 팽대위가 탁자 위에 서류를 집더니 뒤로 던졌다.

"그래, 가자!"

"대신, 장소는 제가 정하겠습니다."

"보아 둔 곳이 있더냐?"

한빈이 쓱 옆을 훑어보더니 속삭이듯 말했다.

"비밀입니다."

"하하, 농담은 말고 어서 안내하거라."

잠시 후.

한빈은 팽대위를 정화 부인의 처소에서 얼마 떨어지지 않은 대나무 숲으로 안내했다.

"하필이면 왜 이쪽인가?"

"잠시만 목소리를 좀 낮추시죠."

"흠."

팽대위는 헛기침했다. 기척을 줄이는 것은 비무의 조건 중 하나였다.

팽가 내부의 이목을 끌지 않고 싶다는 한빈의 부탁 때문이었다.

하지만, 점점 깊은 숲속까지 안내하는 한빈을 팽대위는 이해할 수 없었다.

그때였다.

팽대위가 눈매를 좁혔다.

어디선가 사람들의 대화 소리가 들려왔다.

비무를 하자고 여기까지 끌고 온 한빈도 이상하지만, 여기까지 들어와 대화를 나누는 이는 더 수상했다.

팽대위가 먼저 입술에 검지를 갖다 댔다.

"쉿."

"……."

한빈이 말없이 고개를 끄덕였다.

한빈은 팽대위의 뒤를 따라 기척을 줄이고 대화 소리가 나는 곳을 향해 걸어갔다.

이제 그들의 대화 소리가 바로 옆에 있는 것처럼 들릴 거리까지 도달했다.

그들은 삼 공자 팽무빈과 백독곡의 장자명이었다.

우연일까?

물론 우연이 아니었다.

한빈은 심미호가 표시해 둔 길을 따라 여기까지 온 것이다.

일단 안내했으니 편안히 앉아서 앞으로 펼쳐질 경극 한 편을 감상하기만 하면 됐다.

❧

삼 공자 팽무빈은 미칠 지경이었다.

모든 것은 형인 팽경빈과 어머니인 정화 부인의 책략이었다.

그런데, 왜 책략에 대한 실패를 자신이 져야 한다는 말인가.

팽무빈은 얼얼한 자신의 뺨을 어루만지며 장자명을 바라봤다.

"대체 어찌 된 일입니까?"

"분명 일은 정확히 처리했습니다."

"혹시 잘못 푼 것이 아닙니까?"

"그들이 사용하는 식수는 정확히 우물 두 곳이었습니다. 다른 곳의 물은 전혀 쓰지 않는 것을 확인했고요. 그런데, 어떻게 실수할 수가 있겠습니까?"

"그럼 이게 어떻게 된 일입니까? 산공독을 풀라 했더니 이게 뭡니까? 장 의원도 보시지 않았습니까? 영약이라도 먹은 듯 훨훨 날아다니는 것을요."

"그게 왜 제 책임입니까? 저는 천수장에서 그들의 노예 생활을 똑똑히 목격했습니다. 팽무빈 공자님도 보셨잖습니까?”

“뭘요? 팔팔 날아다니는 걸요?”

“그들의 피부가 어떤지, 여기 들어왔을 때 어떤 거지꼴을 하고 있었는지 말입니다. 그게 영약 먹은 무사의 모습이었습니까? 어서 잔금이나 주시지요.”

“무슨 돈을 줍니까?”

“내가 산공독을 풀기만 하면 잔금을 치르기로 하시지 않았습니까?”

“막내 놈 수하들이 저리 멀쩡한데 산공독을 풀었다니요!”

“허허, 이렇게 잡아떼시깁니까? 산공독을 만드는 데 들어간 재룟값이라도 받아야겠습니다.”

“관을 봐야 눈물을 흘릴 놈이구나.”

팽무빈의 말투가 싹 바뀌었다.

허리에 찬 도를 뽑아 든 팽무빈이 무섭게 장자명을 바라봤다.

“멸구하려는 겁니까?”

“멸구가 아니라 배신자를 처단하려는 것이다. 이 죽일 놈아.”

팽무빈이 흉흉한 기세를 드러내며 다가가자 장자명은 주위를 두리번거리며 뒷걸음쳤다.

휙!

팽무빈이 막 칼을 들어 올렸을 때였다.

누군가 외쳤다.

"그때는 멸구가 아니라 토사구팽이라고 하는 거지!"

팽무빈이 칼을 멈추고 뒤를 돌아봤다.

"헉."

그가 헛숨을 들이켰다.

그곳에는 한빈이 싱글벙글 웃고 있었다.

대체 왜 막내가 이곳에 온 것인지, 팽무빈은 혼란스러웠다.

그것도 잠시 그는 비릿한 미소를 그렸다.

"네가 죽을 곳을 찾아온 것이구나."

말을 마친 팽무빈의 칼이 한빈에게 향했다.

슉!

한빈도 가만히 보고만 있지는 않았다.

허리에 찬 월아를 뽑았다.

스르릉!

둘의 병장기가 허공에서 직선으로 만났다.

챙!

그 소리는 싸움의 시작을 알리는 종소리처럼 느껴졌다.

서로 몇 걸음 뒤로 물러났다.

한빈이 씩 미소를 피웠다.

칼이 맞부딪치는 소리가 들리면 이상하게 마음이 편해졌다.

자꾸 여기서 죽이고 싶은 충동이 드는 것은 왜일까?

하지만, 계획대로 가자면 아직 그 단계는 아니었다.

한빈이 초식을 떠올렸다.

[일촉즉발(一觸卽發) - 몸을 화살처럼 쏘아 냅니다. 검 끝에 기를 응집합니다. 필요 공력 삼 년. 소모 후 열두 시진 후 회복.]

검을 곧게 뻗은 한빈의 몸이 허공을 갈랐다.

이를 멀리서 지켜보던 팽대위가 눈을 크게 떴다.

"검기?"

외침은 짧았다. 일단은 살인을 막아야 했다.

휙!

몸을 날린 팽대위가 어느새 둘의 사이에 섰다.

팡!

팽대위가 한빈의 검을 거도의 넓적한 면으로 막았다.

살짝 밀려 난 한빈의 미소가 짙어졌다.

여기까지가 한빈의 본래 계획.

그때 팽무빈이 자리에 주저앉았다.

털썩!

눈앞까지 날아온 검에 놀란 것이다.

게다가 한빈이 검기를 쓸 줄은 몰랐기에 더 놀랐을 것이다.

하지만, 팽무빈도 팽가의 직계.

꼴사나운 모습으로 계속 앉아 있을 수는 없었다.

표정을 수습한 팽무빈이 다급히 일어났다.

"네놈이 진정⋯⋯."

팽무빈은 말을 맺지 못했다. 어느샌가 팽대위가 그의 아혈과 마혈을 제압했기 때문이다.

픽!

팽무빈이 수수깡처럼 대나무 숲 가운데에 누웠다.

이 모든 것이 눈 깜짝할 사이에 일어난 일이었다.

멍하니 이 광경을 바라보던 장자명이 한빈에게 포권했다.

"대협, 감사합⋯⋯."

하지만, 그도 말을 맺지 못했다. 역시나 팽대위가 그의 혈도를 제압했기 때문이다.

팽대위가 품에서 조그마한 피리를 불었다.

삑!

피리 소리가 대나무 숲을 뚫고 흘러 나갔다.

팽대위가 사용한 피리는 집법당 무사들을 호출할 때 쓰는 도구였다.

집법당 무사들은 이 피리 소리를 십 리 밖에서도 들을 수 있기에 그들을 소집하는 것은 어려운 일이 아니었다.

차 한 잔 마실 시간이 지나자 무사 다섯이 팽대위의 앞에 도착했다.

그의 지시는 간단했다.

"둘 다 뇌옥에!"

장자명이 눈을 뜬 것은 두 시진이 지나서였다.

지금 장자명의 앞에는 한빈이 앉아 있었다.

"정신이 드시오?"

"아, 사 공자시구료. 아까는 고마웠습니다."

"시간이 없으니 내 간단히 전달하리다. 조금 있으면 집법당주님이 들어오실 겁니다."

"아."

"그러면 내 말에 무조건 고개를 끄덕이십시오. 그게 살길입니다."

"그게 대체……."

"만약에 이 일이 퍼져 나간다면 어떻게 되겠습니까? 과연 백독곡으로 돌아갈 수 있을까요?"

"흠……."

"그럼 거기에 남겨 놓은 사매는 어떤 심정일까요? 돈을 벌려고 하는 것도 백독곡으로 돌아갈 때 사매에게 선물을 하기 위함이겠죠."

"헉, 대체 어떻게 그걸……."

"제가 말씀드렸습니다. 시간이 없다고 말입니다. 만약에 중간에라도 마음이 바뀌신다면, 마음대로 하셔도 됩니다."

"아, 알겠습니다."

그때 뇌옥의 문이 열렸다.

팽대위가 고개를 숙이고 좁은 뇌옥 문으로 들어왔다.

좁은 곳에서 보자 더욱 위압감이 느껴지는 팽가의 셋째 호랑이였다.

뇌옥에 들어온 팽대위가 말했다.

"심문을 시작하겠다! 죄인은 말할 준비가 되었는가?"

"네, 되었습니다."

장자명이 깊이 고개를 숙였다.

그때 한빈이 말했다.

"제가 먼저 말씀드릴 것이 있습니다."

"사 공자가 말할 것이 있다고?"

"네, 사실 장자명 소협은 혐의는 있으나 죄가 없습니다."

"지금 뭐라 했는가? 사 공자."

"이 이야기를 하기 위해서는 한 달 전으로 거슬러 올라가야 할 것 같습니다."

한빈이 진지한 표정으로 서두를 꺼냈다.

"……산공독을 풀지 못하고 돌아서는 장자명 소협과 눈이 마주쳤죠."

한빈이 장자명을 바라봤다.

장자명이 마구 고개를 끄덕이자 한빈이 다시 말을 이었다.

"누워 계신 노모 때문에 의뢰는 받았지만, 맹호사대의 훈련장에 산공독을 풀어 놓기에는 장자명 소협의 의협심이 용납하지 않았던 겁니다. 그래서 제가 제안을 했죠."

팽대위는 옛날이야기를 듣는 듯이 흥미진진하게 한빈의 말에 귀 기울이고 있었다.

이야기가 잠시 끊기자 팽대위가 재촉하듯 말했다.

"뭐라 했느냐?"

"제안은 간단했습니다. 실패했다는 사실을 숨겨 달라고요."

"아."

팽대위는 탄성을 흘리고 대화를 듣던 장자명을 연신 고개를 끄덕였다.

장자명이 생각해도 있을 법한 일이었다.

그때 한빈이 다시 말을 이었다.

"그래서 비무 당일까지 저희의 비밀이 새어 나가지 않았던 겁니다. 우리를 해코지하려던 장자명 소협은 마음의 빚을 영약으로 갚았습니다."

이 대목에서는 장자명은 살짝 눈물을 흘렸다.

한빈이 이렇게까지 자신을 위해 그럴듯한 이야기를 만들지는 정녕 몰랐던 것이다.

물론 팽대위도 손뼉을 쳤다.

"오호, 그래서 갑자기 강해진 것이군."

팽대위의 머릿속에 있던 의문이 사라지는 순간이었다.

물론 천수장에 대한 비밀을 당분간 지키려는 한빈의 의중도 숨어 있었다.

한빈이 말을 이었다.

"그것도 사문의 비기를 탈탈 털어서 말입니다."

"아하, 그러면 서로 은원은 없는 것이군."

"오히려 저는 장자명 소협에게 빚을 지고 있다고 생각합니다."

"그런데 장자명 소협의 사문이 어딘가?"

"경수산에 꼭대기에 있는 이름 없는 문파인데, 저는 비밀을 지켜 주고 싶습니다. 만일이라도 이 이야기가 새어 나간다면 파문을 당할 수도 있으니까요."

"파문이라……."

"비록 삼 공자에게 위협을 받아 실행한 일이지만, 정도를 벗어난 것은 확실하니 말이죠."

"흠."

"그래서 제가 도와주고 싶습니다. 저도 피해를 본 것은 없으니까요."

"그래, 알았다. 심문은 여기에서 마치도록 하지. 그렇다면 삼 공자는 어떻게 할 텐가? 피해는 안 입었지만 사 공자가 그의 죄를 주장한다면 집법당에서 엄히 다스릴 수밖에 없는 상황이지."

"정화 부인이 부탁한다면 생각해 보겠습니다. 그리고 이런 불미스러운 일은 가능한 한 밖으로 새어 나가지 않았으면 좋겠습니다."

"그러지."

팽대위가 고개를 끄덕였다.

한빈의 말대로였다.

이 공자와 사 공자 사이에 삼 공자가 끼어들어 어느 한쪽을 음해하려 했다?

이건 팽가의 얼굴에 먹칠을 하는 행위였다.

사실 먼저 비밀을 지켜 달라 부탁하려는 찰나에 한빈이 나서서 가려운 곳을 긁어 준 것이다.

팽대위는 흡족한 표정으로 뇌옥의 심문실을 나갔다.

찰칵.

문이 닫히자 장자명이 넙죽 절하며 외쳤다.

"대협, 정말 감사드립니다! 제 신분에 대해 숨겨 주신 점도 감사드리고, 없던 이야기까지 만들어 저를 위기에서 구해 주신 점도 감사합니다. 제가 백독곡으로 돌아가면 반드시 대협께 보답하겠습니다."

진심 어린 그의 읍소에 한빈이 마른세수를 했다.

그런데 표정이 조금 이상했다.

한빈이 어이가 없다는 듯 장자명을 바라보고 있었다.

"잠깐, 지금 어딜 간다고?"

한빈의 말투가 바뀌자 장자명이 눈을 크게 떴다.

"지금 그게 무슨 말씀이신지요. 보은을 하려면 여기에서 나가 백독곡으로 돌아가야……."

"그러니까, 누구 맘대로 간다는 거지? 장 소협은 내가 만만해 보여?"

"제가 어떻게 팽 대협을 만만히 보겠습니까?"

"그러니까. 보은을 하려면 여기 남아서 밤낮없이 봉사를 해야지, 어떻게 돌아가겠다는 말이 입에서 그렇게 자연스럽게 나와? 나는 지금 장 소협 몸에 다른 사람이 빙의한 줄 알고 깜짝 놀랐다."

"아, 그러면 제가 여기에……."

"에이, 걱정 마. 내가 잘해 줄 테니. 딱 삼 년만 버텨."

"제가 왜 여기에?"

"뭐, 싫으면 백독곡으로 전서구 하나 날려 줄게. 백독곡의 장자명이라는 사람이 팽가 사 공자가 있는 천수장에 산공독을 풀었다고. 뭐, 특별 부록으로 백독곡과 친한 사천당문에도 날려 주지."

"헉!"

장자명의 눈이 한계까지 커졌다.

이어 한빈이 말했다.

"내가 아까도 말한 거지만, 언제든 그만둬도 되니까, 무슨 노예 같은 걸로 생각하면 서운해."

"그, 그게……."

"어허, 괜찮대도? 지금이라도 말하면 전서구 날린다니까. 중간에 매한테 잡아먹힐 수도 있으니 튼실한 놈으로 한 대여섯 마리 한 번에 날려 줄게. 어떻게, 지금 날릴까?"

한빈이 자리에서 일어나자 장자명이 잽싸게 한빈의 허리를 잡았다.

"대협!"

"아, 징그럽게 왜 그래? 나 남자 안 좋아해. 그러니 대답만 해."

"네, 삼 년 일하겠습니다. 팔이 부러져도 다리가 부러져도 소처럼 일하겠습니다."

"내가 역시 사람 하나는 잘 봤어. 하하."

호탕한 한빈의 웃음이 흐려져 갈 때 장자명이 물었다.

"처음부터 노리셨습니까?"

"노린 건 아니고 모두 자네와 삼 공자의 실수지."

"제가 어떤 실수를 했습니까?"

"잘 들어, 사마귀가 벌레를 잡을 때는……."

"새겨듣겠습니다."

"뒤에 참새가 쪼지 않을까를 살펴야 하거든, 그런데 사마귀란 놈은 자기 밥만 생각해. 그러니 참새한테 먹히지."

한빈이 사람 좋은 얼굴로 장자명을 바라봤다.

장자명이 목을 길게 빼고 물었다.

"그럼 제가 사마귀였습니까?"

"아니, 참새 정도는 되는 것 같아."

"그럼 참새는 무슨 실수를 했습니까?"

"참새는 뒤에 올 독수리를 살피지 않은 거지."

"그럼 공자님이 독수리입니까?"

"하하, 그건 비밀이야."

한빈은 기분 좋게 웃었다. 한빈은 독수리도 아니고 참새도 아니었다.

그러나 나중에 무엇이 되고 싶은지는 알고 있었다.

그것은 세상을 다 잡아먹을 용이 되는 것이었다.

아마도 이 이야기를 남에게 할 때쯤이면 이무기 정도는 되어 있을 거라 한빈은 생각했다.

한빈이 나가려도 돌아서서 말했다.

"이제는 장 의원이라고 편하게 부를게. 참, 팽가에 있을 때는 팽가 의당에서 의술에 정진하고 천수장으로 돌아갈 때만 나를 따르면 돼."

"네, 알겠습니다."

"그래, 내가 나가서 집법당주님께 말하면 바로 풀려날 테니 나갈 준비하고. 전서구 잘 기억하라고!"

"네, 명심하겠습니다. 공자님."

장자명이 눈물을 글썽이며 포권했다.

한빈은 콧노래를 부르며 뇌옥에서 나와 팽대위가 있는 집법당 대전을 향했다.

집법당.

장자명의 처리에 대해 소상히 말하자 팽대위는 입꼬리가 귀에 걸렸다.

강호에서 의생은 그만큼 귀한 존재였다.

그런데 한빈이 모든 비용을 대고 의당으로 섭외했다니 이건 가주 대행으로 두 손 들고 환영할 일이었다.

"그렇게 처리하마."

"그럼 저는 이만 물러가 보겠습니다."

한빈은 절도 있게 포권하며 뒤돌아섰다. 한빈이 막 집법당을 빠져나가려 할 때였다.

팽대위가 불렀다.

"사 공자, 자리에서 멈추게!"

날카로운 목소리에 한빈이 미간을 좁혔다.

순간 한빈은 자신의 계획에 허점이 있나 하며 맹렬히 머리를 굴렸다.

그리고 다음 나올 팽대위의 말에 방어하기 위해 수많은 선

택지를 예상해 보았다.

한빈의 진지한 표정을 본 팽대위의 볼이 실룩였다.

팽대위가 말했다.

"사 공자가 이곳에 찾아온 이유를 잊었나?"

"그야, 이 일들을……."

"아니, 그 전에 찾아온 목적 말이야."

"그러니까……."

"나랑 비무를 하러 왔지. 그럼 일은 마저 끝내고 가는 게 이치에 맞는 법."

팽대위가 씩 웃으며 수하들에게 손짓했다.

동시에 집법당 무사들이 우르르 몰려들어 중앙에 있는 집 기들을 주변으로 치웠다.

한빈이 뒷머리를 긁적였다. 한빈이 제일 귀찮아하는 것이 생산성 없는 비무였기 때문이다.

"표정이 왜 그런가?"

"아, 긴장되어서 그렇습니다."

한빈이 재빨리 답했지만, 팽대위는 고개를 갸웃했다.

"아닌 것 같은데."

"아닙니다. 긴장된 것 맞습니다."

"아무리 봐도……. 귀찮은 표정인데."

"아닙니다. 그런데……."

한빈이 말끝을 흐리며 팽대위를 바라봤다.

그 모습에 팽대위가 말했다.

"또 눈빛이 바뀌었군. 이번엔 먹잇감을 발견한 맹수의 표정인데."

한빈이 황당한 표정으로 팽대위를 바라봤다.

힘만 앞세우는 인물로 보이지만, 사실 팽대위는 눈치도 빨랐다.

한빈의 표정이 바뀌었던 이유는 팽대위에게 구결을 나타내는 점을 찾았기 때문이었다.

번쩍번쩍.

팽대위의 가슴에서 반짝이는 점.

용린검법의 구결을 뜻하는 점이 분명했다.

한빈의 가슴이 뛰기 시작했다.

쿵쿵.

팽대위가 고개를 갸웃하며 물었다.

"그 표정은 또 뭔가?"

"집법당주님, 한 수 부탁드립니다."

"좋지, 그래야 팽가의 호랑이지."

"아직은 고양이도 안 되지만, 가르침을 받겠습니다."

"하하."

팽대위가 웃음으로 답했다.

쿵쿵.

한빈의 가슴이 더욱 뛰었다.

집법당주 팽대위에게 보이는 점이 유난히 진했기 때문이다.

오해한 팽대위가 짙은 미소를 띠며 말했다.

"자신 있다는 표정이군?"

"오해이십니다. 살살 부탁드립니다."

"오해라……."

말끝을 흐린 팽대위가 거도(巨刀)를 치켜올리며 자세를 잡았다.

"비무는 말이 아닌 칼로 하는 것이겠죠."

한빈은 웃으며 팽대위가 하려던 말을 대신 끝맺었다.

획!

공간을 가르는 팽대위의 칼.

한빈의 월아가 답했다.

스릉!

챙!

맞부딪친 둘의 병장기는 마치 대화하듯 공명했다.

우우-웅!

한 시진 후.

"헉헉!"

한빈이 거친 숨을 토해 내며 무릎을 꿇었다.

한빈은 석양이 팽대위의 어깨 아래로 꼬리를 감출 때까지 팽대위를 건드리지 못했다.

"지쳐 보이는데 인제 그만하지."

"아닙니다."

팽대위는 고개를 절레절레 흔들었다.

자신도 젊었을 때 싸움을 좋아했다.

하지만, 지금의 한빈 정도는 아니었다.

거기에 더해 털끝 하나도 건드리지 못하면서 저리 달려드는 패기가 부럽기도 했다.

그때 한빈이 자리에서 일어나 주먹을 불끈 쥐었다.

한빈은 오직 저 일렁이는 점이 궁금할 뿐이었다.

[일촉즉발(一觸卽發)]

한빈의 몸이 화살처럼 튕겼다. 용린검법의 마지막 공력을 짜낸 것이다.

팽대위는 자리에서 움직이지 않고 거대한 도를 일직선으로 내리그었다.

팡!

대지를 가르는 소리와 동시에 한빈은 몸을 틀었다.

한 바퀴 구른 한빈은 도기(刀氣)가 스쳐 지나간 자리를 확인했다.

거칠게 파여 있는 집법당의 바닥.

한빈은 검을 검집에 넣었다.

"포기하겠습니다."

"갑자기 왜?"

"죽기 싫습니다. 조카와의 비무에서 도기를 이렇게 악랄하게 사용하는 사람이 어디 있습니까?"

한빈이 포권하자 팽대위가 호탕하게 웃었다.

"하하, 그러자꾸나."

"그럼 저는 이만 물러나겠습니다."

한빈은 깊숙이 포권하며 자리를 떠났다.

한빈은 이번 비무에서 느낀 바가 컸다.

용린검법의 초식이 한 단계 정도의 경지는 무마할 수 있지만, 그 이상은 힘들었다.

즉, 경지가 깡패라는 것이었다.

팽대위의 가슴에 반짝이는 점이 아른거렸지만, 그것은 나중에 수확하기로 했다.

괜히 설레발치다가 몸이라도 상하면 다른 구결을 획득하는 과정이 늦어질 수도 있으니 말이다.

한빈은 최대한 빨리 집법당을 벗어났다.

멀어져 가는 한빈을 본 팽대위는 입맛을 다셨다.

마지막 일격은 사실 의도한 바가 아니었다.

자신도 모르게 튀어 나간 투기.

그것을 한빈이 피한 것이었다.

'어린아이에게 진심으로 투기를 보이다니!'

팽대위는 오늘따라 자신도 폐관에 들어가야 하나 고민이
되었다.

처소로 돌아온 한빈은 입구에서 옹기종기 모여 있는 이들
을 보고 고개를 갸웃했다.

"다들 거기서 뭐 해?"

"아, 공자님."

"주군."

"주군 왜 이제야 오십니까?"

철노와 소대섭 그리고 심미호가 동시에 일어났다.

그중 철노는 울먹이는 듯한 표정으로 한빈에게 달려왔다.

철노가 한빈의 얼굴을 조심스럽게 살폈다.

"공자님, 또 맞으셨습니까?"

철노는 미리 준비한 수건으로 한빈의 무복에 붙은 흙먼지
를 털어 냈다.

그 모습에 한빈이 말했다.

"그냥 비무 한번 한 거니 호들갑 떨지 마라."

"비무요?"

철노가 고개를 갸웃할 때 심미호가 호기심 가득한 얼굴로 끼어들었다.

"누구하고 하셨어요?"

"집법당주."

모두의 눈이 커졌다.

"헉,"

"아니, 어쩌자고 초절정 고수와……."

"공자님, 미쳤습니까?"

모두가 입을 벌리고 있자 한빈이 물었다.

"왜 그렇게 놀라?"

심미호가 한빈을 살피며 물었다.

"다치신 데는 없습니까?"

"뭐 멀쩡하긴 한데, 그 양반 정말 무섭네. 초절정이 딱지치기로 얻은 허명은 아닌가 봐. 마지막에 도기를 줄기줄기 뿜어내는데, 정말 죽는 줄 알았다니까."

한빈의 말에 심미호가 다시 나섰다.

"하북팽가의 공자 중에 윗대와 비무를 청한 사람은 아직 없잖아요?"

"그렇지."

"그런데 왜 도전하셨습니까?"

"그냥."

물론 구결이 탐나서였다.

옆에 묵묵히 보던 소대섭이 말했다.

"앞으로는 절대 덤비지 마십시오. 이 년 전에도 조장 하나가 수련을 청했다가 팔이……."

소대섭의 말이 길어지려 하자 한빈이 손을 내저었다.

다음 날 정오.

정화 부인이 머무는 별채 앞에 선 한빈은 쓱 안을 살폈다.

하북팽가라는 거대한 장원에 멋진 저택 하나가 별도로 존재하는 모양새였다.

화원이나 연못들을 보면 가주전보다도 더 정성을 들였다는 것이 한눈에 파악되었다.

뭐, 밤에는 자주 왔지만, 낮에 온 것은 이번이 처음이었기에 한빈은 여유 있게 경관을 감상했다.

정화 부인의 처소에 도착한 한빈은 그녀의 맞은편에 앉았다.

쪼르륵.

차를 잔에 따르고 차향을 음미한 정화 부인이 입을 열었다.

"집법당주님에게 들었네. 불미스러운 일에 대해서는 내가 사과하지."

"뭐 상관없습니다. 약속만 지켜 주신다면요."

한빈의 말에 정화 부인이 슬쩍 옆을 바라봤다.

그곳에는 절정검 이무명이 팔짱을 끼고 있었다.

절정검이란 별호는 하남정가에서 가장 빠른 시기에 절정에 올랐기 때문에 붙여진 별호였다.

한빈의 전생 속 기억에 의하면, 절정검이란 별호는 절망검으로 변했고 그 후에는 소문도 들리지 않았다.

즉, 지금의 경지가 한계라는 점이다.

한계란 왜 존재할까?

그것은 핑계를 위해 존재하는 것이다.

한계라는 단어 하나로 모든 것이 용서된다.

하지만, 한계는 깨뜨리기 위해 존재하는 것.

한빈은 그를 요긴하게 쓸 자신이 있었다.

그와 비무를 원하는 두 번째 이유는 그에게 확인한 구결때문이었다.

정화 부인의 눈빛을 받은 이무명이 말했다.

"저는 부인의 호위지, 물건이 아닙니다. 육 개월 뒤에는 하남정가로 복귀하기로 되어 있는 관계로 사 공자의 수하가 되기는 어렵습니다."

정중하지만, 칼 같은 통보였다.

한빈은 기분 나쁜 기색 없이 말했다.

"그럼 비무는 허락해 주실는지요."

"그건 정화 부인께서 허락하시면 응해 드리겠습니다."

절정검 이무명의 말에 정화 부인이 끼어들었다.

"장소와 시간을 정하거라."

"소뿔도 단김에 빼라 했습니다. 여기서 지금 하면 안 되겠습니까?"

한빈의 말에 정화 부인이 이무명을 바라보며 턱짓했다.

지시를 받은 이무명이 앞으로 나왔다.

"그럼 이 앞 연무장으로 안내하겠습니다."

"네, 감사합니다."

정화 부인의 처소 앞 연무장.

시퍼런 날을 빛내는 두 개의 검이 마주 봤다.

이무명이 한빈을 바라보고 있을 때 그의 귓가에 전음이 울렸다.

―죽여!

짧지만 모든 것을 담고 있는 정화 부인의 전음.

이무명은 이를 악물었다.

육 개월간 모셔야 하는 정화 부인의 명이었다. 뒷일은 생각해서는 안 되었다.

가주가 이무명에게 명하기를, 육 개월간 그의 칼이 되라 했다.

그런데 팽가에 와 보니 정화 부인과 두 명의 아들은 그야

말로 개차반이었다.

무인의 자긍심은 내다 버린 그들을 따르자니 속이 뒤집혔다.

정화 부인을 따르는 것은 여기까지였다.

정도를 벗어나려는 정화 부인을 따르는 것은 하남정가의 가칙에서도 벗어나는 일.

이무명은 이 비무가 끝나면 정화 부인의 곁을 떠날 것을 결심하며 검을 뽑았다.

슈!

이무명은 한빈의 목을 향해 검을 찔러 넣었다.

하남정가 특유의 날카로움이 묻어나는 공격.

한빈은 빠르게 옆으로 돌았다.

전광석화의 효용으로 한빈은 잔상을 남기고 없어졌다.

하지만, 이무명의 공격은 만만치 않았다.

뱀처럼 집요하게 검 끝을 틀었다.

휙!

한빈이 뒤쪽으로 물러섰다.

계속 뱀처럼 파고드는 검.

한빈이 씩 웃으며 구결을 바라봤다.

[일촉즉발(一觸卽發)]

공의 구결 하나를 소모하는 단발성 초식.

동시에 한빈의 몸이 이무명을 향해 화살처럼 날아갔다.

여기저기서 들리는 경악에 찬 함성.

"앗, 검기다!"

"사 공자가 어떻게 검기를 쓰지?"

"뭐야, 절정에 올라선 거야?"

"아니, 일류의 마지막 단계일 수도 있지."

하지만, 이무명의 귀에 그 함성은 들리지 않았다.

오직 검 끝에 일렁이는 검기만 보일 뿐이었다.

그림자 무사

파팍!

이무명은 다급히 뒤로 물러났다.

하지만, 화살보다 빠를 수는 없는 법.

그는 검에 기를 실어 재빨리 한빈의 검을 쳐 냈다.

챙!

순간 그는 팔목에서 저릿한 통증을 느꼈다.

그만큼 한빈의 검은 묵직했다.

순간 한빈의 열린 어깨가 보였다.

그 기회를 놓칠 절정검 이무명이 아니었다.

그는 다시 검을 돌려 한빈의 어깨를 베었다.

서걱!

얕지만, 검이 살갗을 먹은 것이 분명했다.

동시에 강한 타격음이 귓전에 울렸다.

빡!

이어지는 통증.

힐끔 아래쪽을 보니 검집이 허리에 닿아 있었다.

한빈은 미소 지었다.

검으로 그의 시선을 끈 한빈은 검집으로 이무명의 옆구리를 타격하는 데 성공했다.

팔에 얕은 상처를 내어 주고 구결을 얻은 것이다.

[용안(龍眼)으로 구결을 확인합니다.]

[용린검법의 기본편 중 복(復)을 획득하셨습니다.]

[기본편]

[⋯⋯]

[복(復), 복(復)]

[⋯⋯]

복이 두 개가 되었다.

팔에 스며드는 피가 서서히 멈추는 느낌이었다.

물론 착각이겠지만, 들뜬 기분은 감출 수 없었다.

이제까지 경험으로 보면 복의 구결은 응용편의 구결보다

도 획득하기 힘들었다.

왕거니를 잡았다고 생각한 한빈은 활짝 웃었다.

그 웃음에 이무명은 눈을 가늘게 떴다.

분명 자신의 공격은 가볍지 않았다. 그 증거로 한빈의 팔에는 선혈이 흐르고 있었다.

그런데 웃고 있다니?

저건 분명히 순수한 즐거움이었다.

이렇게 비무를 즐기는 무인을 언제 봤던가?

분명 강남 땅에서는 없었다.

게다가 지금 쓴 초식도 예사롭지 않았다.

방금 한빈의 공격이 어디에서 들어왔는지 이무명은 알 수 없었다.

이무명은 허리를 만졌다.

마지막에 살짝 피해 급소는 피했지만, 검집으로 혈도를 찍는다라?

정파의 고지식한 초식에서는 나올 수 없는 방법이었다. 그가 생각하기에 이 초식은 실로 창의적인 수법이었다.

한빈을 인정하려던 이무명이 눈을 크게 떴다.

자신이 인정하려던 검객이 하북팽가의 직계임을 깨달은 것이다.

도의 명가에서 나온 검객이라?

이무명은 한빈의 존재가 참으로 아깝다고 생각했다.

비록 소가주 후보로 올랐지만, 마지막 단계에서 검객이 가주가 되는 것을 팽가에서 인정할까?

그건 불가능할 일이었다.

이것은 마치 하남정가에서의 자신과 똑같았다.

이무명은 한빈을 이해할 수 있었다.

이리 비무에 집착하는 것은 아마도 가슴속 울분을 달래기 위함이라 생각했다.

이무명은 앞으로 하북을 대표할 이 젊은 검객과 오늘만은 신나게 어울려 주리라 생각했다.

이무명의 검이 날카로운 검기를 담고 한빈의 간격 안으로 치고 들어왔다.

피슉!

한빈이 눈 깜짝할 사이에 자리에서 사라졌다.

용린검법 중 전광석화의 효용!

이무명의 눈이 한층 더 커졌다.

그는 자신도 모르게 입맛을 다셨다.

물론 한빈도 똑같이 입맛을 다셨다.

물론 의미는 달랐다.

한빈이 입맛을 다시는 이유는 이무명에게서 새로운 구결을 확인했기 때문이었다.

챙! 챙!

치열한 공방이 펼쳐지고 일각이 지났다.

한빈은 다시 전광석화를 운용했다.

이제 남은 공의 개수는 다섯 개.

이 비무가 언제까지 지속될지는 몰라도 이무명이 가지고 있는 구결은 싹 다 빼내야 했다.

한빈이 일촉즉발의 초식을 다시 사용했다.

이제 남은 공력의 개수는 두 개.

일촉즉발의 초식으로 화살처럼 이무명에게 달려가던 한빈이 검집을 다시 들었다.

이무명이 그 모습에 씩 웃었다. 똑같은 방식이 너무 눈에 보였기 때문이다.

그런데 한빈은 검집을 아무렇게나 던졌다.

탁!

아마도 동작의 폭을 줄이려는 의도 같았다.

날아오던 한빈의 검이 일자로 꺾였다.

찌르기가 아닌 횡으로 밀어붙이는 모양새.

이무명은 보폭을 넓혀 한빈의 간격에서 벗어나려 했다.

그때였다.

휘청.

이무명이 중심을 잃었다.

'뭐지?'

이무명은 재빨리 발밑을 확인하고 눈을 크게 떴다.

발아래에는 한빈이 조금 전 던진 검집이 뒹굴고 있었다.

그가 아차 싶었을 때 한빈의 검 끝이 방향을 바꿨다.

휙!

바람을 가르고 날아오는 한빈의 검날에 이무명은 철판교의 수법으로 중심을 하체로 옮기고 상체를 뒤로 꺾어 피했다.

이제는 반격의 시간.

몸을 일으킨 이무명은 검으로 한빈의 하체를 노렸다.

아니, 노리려 했다.

지나간 줄 알았던 한빈의 검이 이무명의 가슴팍에서 기다리고 있었다. 정확히는 검의 손잡이 부분.

한빈이 검 손잡이로 이무명의 가슴을 가격했다.

퍽!

[용안(龍眼)으로 구결을 확인합니다.]

[용린검법의 응용편 중 검(劍)을 획득하셨습니다.]

한빈의 입가에 미소가 번졌다.

이무명이야말로 왕거니였다.

회복 효과의 구결에다 새로운 응용편의 구결이라니!

하지만 웃는 것도 잠시, 한빈은 바삐 이무명의 간격에서 벗어나야 했다.

팡!

이무명의 검이 파공성을 내며 야생마처럼 달려들었다.

연무장에 쉴 새 없이 쇠붙이 부딪치는 소리가 울려 퍼졌다.

계속된 비무에 한빈에게는 단 한 개의 공력만이 남은 상태.

공력을 모두 소모하고 나면 적당히 빠져야 했다.

얼마나 지났을까.

챙!

서로의 검이 맞닿았다.

한빈은 이것이 마지막 합이라는 것 알았다.

남은 공력은 단 한 개였으니.

그때 이무명과 한빈의 검이 묘하게 얽혔다.

두 개의 검은 마치 자석처럼 붙었다.

스스슥.

비무를 구경하던 이들이 눈을 크게 떴다.

초식 대결에서 내공 대결로 변한 것이다.

검 끝에 얽힌 푸른 기운이 팽팽하게 대립했다.

검에 기운이 실리자 한빈에게 하나 남은 공력이 없어졌다.

그때였다.

단전에서 내공이 꿈틀대며 검을 타고 올라왔다.

한빈은 눈을 크게 떴다.

단전에 있는 내공과 용린검법의 공력이 동일하다고 느꼈
는데 둘이 별개라는 것을 이제야 안 것이다.

용린검법의 공력을 모두 소진한 적이 없으니 당연했다.

어찌 보면 뜻하지 않은 기연.

한빈의 미소가 더욱 진해졌다. 동시에 이무명도 미소를 피워 냈다.

이렇게 검을 휘둘러 본 것이 얼마 만이던가!

이제 승부는 필요 없었다.

맞댄 검에서 상대의 감정이 느껴졌다.

이무명은 백아절현(伯牙絶絃)의 일화에서 나오는 종자기가 된 기분이었다.

물론 한빈은 이무명이 아닌 허공을 바라보며 구결을 정리했다.

그때였다.

스르륵.

서로 얽혔던 검기가 봄날 눈 녹듯 사라졌다.

동시에 한빈과 이무명이 한 발자국 뒤로 물러났다.

한빈이 말했다.

"여기까지 하시겠습니까?"

"즐거웠습니다."

이무명이 마주 포권했다.

두 검객의 상체는 여기저기 베인 상처들로 가득했다.

구경꾼들이 보기에는 둘 다 패자였다.

하지만, 둘은 만족스러운 듯 미소를 얼굴에 가득 담고 있었다.

그때 둘의 모습을 보던 정화 부인이 고개를 돌렸다.

"흥."

지금 정화 부인의 속에서는 천불이 끓고 있었다.

단 육 개월의 한정된 시간이지만, 그때까지 이무명은 자신의 칼이었다.

그런데 죽이라고 한 명령을 어기고 상대에게 저리 예의를 갖추는 모습을 보니 화첩에 난을 하나 더 쳐야 할 분위기였다.

정화 부인이 보기에 이무명은 실력이 모자라 한빈을 못 죽인 것이 아니었다.

분명 이무명은 자신의 절초인 절명일식(折命—式)을 쓰지 않았다.

자신의 내공을 극한으로 끌어올려 단번에 상대의 숨통을 끊을 수 있는 절초를 한빈에게 쓰지 않았다는 것은 분명 하극상이었다.

한빈은 자신의 자식 둘의 날개를 꺾은 적군.

이번에 이무명이 한빈을 죽인다면 뇌옥에 있는 팽무빈도, 강제 폐관에 들어간 팽경빈도 모두 풀려날 것이다.

순간 정화 부인의 호흡이 거칠어졌다.

그때였다.

이성을 잃은 정화 부인이 이무명의 검을 뺏어 뻗었다.

슝.

한빈의 심장으로 향하는 정화 부인의 검에 모두가 입을 벌렸다.

살기를 느낀 한빈이 검을 피하려 할 때였다.

탁!

이무명이 정화 부인의 손목을 잡았다.

"부인, 그만하시지요."

"어찌 네가……."

"비무는 끝났습니다. 이제 저는 하남정가로 돌아가겠습니다."

"……."

정화 부인에게서 검을 뺏은 이무명이 한빈에게 포권했다.

"가르침 감사합니다."

"저도 감사드리지요, 대협."

한빈이 깊숙이 포권했다.

그가 지금 떠나겠다고 한 것은 세가 내 정치에 신물이 났기 때문일 것이다.

그때 둘의 비무를 보기 위해 몰려들었던 무사들이 동시에 칼로 바닥을 찍기 시작했다.

쿵! 쿵!

짜릿한 비무를 펼친 둘에 대한 찬사였다.

언뜻 집법당의 무사들도 보였고 맹호사대의 수하들도 보였다.

소리가 잦아들 때쯤 한빈이 뒤돌아 맹호사대의 무사들에게 외쳤다.

"이제 밥 먹자!"

"존명."

가장 앞에 섰던 조호가 깊숙이 포권했다.

무사들이 썰물 빠져나가듯 식당으로 향하자 한빈도 자리를 뜨려 했다.

그때 이무명이 한빈을 불렀다.

"팽 소협, 주제넘은 말인지는 몰라도 식당 말고 의당에 먼저 가야 할 듯싶습니다."

"아, 일단 밥부터……."

한빈은 말을 잇지 못했다.

조호와 장삼이 양쪽 소매를 잡고 끌었기 때문이다.

옆을 보니 심미호도 한숨을 쉬고 있다.

소대섭은 할 말이 없는지 하늘을 보며 딴청을 피우고 있었다.

한빈이 다시 고개를 돌려 이무명을 바라봤다.

"그럼 의당부터 들르도록 하지요."

"네, 그럼 같이 가시죠."

한빈과 이무명이 나란히 의당으로 향했다.

의당 당주 김무병은 요즘 걱정거리가 늘었다.

비축한 약재가 점점 동이 나기 시작한 것이다.

몇 년간 몰릴 환자가 단 이틀 사이에 몰려들고 있으니 여간 힘든 것이 아니었다.

　의당 의원 한 명이 충원됐지만, 환자가 더 늘어났으니 힘든 것은 마찬가지였다.

　이 화근의 중심에는 막내 공자 한빈이 있었다.

　하지만, 한빈을 마냥 미워할 수도 없는 이유는 딱 이틀 만에 의당의 위상이 몇 배는 높아졌기 때문이었다.

　한빈은 한마디로 의당의 특급 고객.

　힘은 들지만, 한빈이 벌이는 사건과 의당의 위상은 비례하니 어쩔 수 없었다.

　"에휴……."

　김무병의 한숨 소리에 옆에 있던 장자명이 고개를 갸웃했다.

　"왜 그리 한숨을 쉬십니까, 어르신?"

　"이틀 동안 너무 눈코 뜰 새 없이 바빠서 그러네. 그렇다고 봉급이 뛰는 것도 아니고……."

　"어르신은 너무 속 편한 소리를 하십니다."

　"그게 무슨 말인가?"

　"어르신은 잠자는데 환자를 옆에 던져 놓는 놈, 아니 분을 보신 적 있습니까?"

　"이 사람아, 그런 사람이 어디 있어!"

　김무병이 황당하다는 듯 장자명을 바라봤다.

"그럼 화장실에서 볼일을 보고 있는데, 환자가 거기까지 들이닥친 일은요?"

"허허, 농담이 과할세."

"그럼 봉급도 안 받고 한 달 동안 죽도록 일하신 적은요?"

"재미없으니 그만하래도."

손을 내젓던 김무병은 고개를 갸웃했다. 장자명의 눈이 촉촉했기 때문이다.

소매로 눈가를 닦은 장자명이 말을 이었다.

"지금까지 말한 걸 저는 삼 년을 더 해야 합니다."

"……."

김무병은 아무 말도 할 수 없었다.

지금 장자명이 말한 내용은 의생이 아니라 노예에 가까웠기 때문이다.

그때 누군가 헐레벌떡 달려왔다.

김무병이 눈을 가늘게 뜨고 보니 한빈의 수족 철노였다.

"무슨 일인 게냐?"

"공자님이 의당 예약 좀 해 놓으라고 하셔서요."

"무슨 예약?"

"환자 둘이 올 거라고 준비 좀 해 달라고 하셨습니다."

"막내 공자가 무슨 점쟁이라도 되는 것이냐? 어떻게 환자 둘이 생길 거라고 예언을 해?"

김무병이 고개를 흔들자 철노가 진지한 표정으로 말했다.

"공자님이 그러셨습니다. 상처가 꽤 깊을 수도 있다고 준비해 놓으라고요."

"허, 이거 참. 검술을 익히는 게 아니라 점술을 익히는 겐가?"

김무병이 혀를 차고 있을 때였다.

저 멀리서 사내 둘이 걸어오고 있었다.

너덜거리는 상의에는 핏물이 진하게 묻어 있는 것이 상태가 심상치 않아 보였다.

"진짜 점쟁이구나."

김무병이 황당한 눈으로 멀리서 걸어오는 사내 둘을 바라보고 있다가 기겁을 했다.

"저건 막내 공자 아니더냐, 그 옆은 정화 부인의 호위고!"

김무병은 그제야 알았다.

점쟁이가 아니라 계획된 비무를 행한 것이라는 것을 말이다.

"이걸 정말!"

김무병이 한숨을 쉬고 있을 때 철노가 번개처럼 달려갔다.

"공자님!"

하지만, 철노는 한빈에게 가기 전에 멈춰야 했다.

한빈의 앞에 정화 부인이 모습을 드러냈기 때문이다.

철노는 저 사이에 끼어들면 안 된다는 것을 직감했다.

한빈의 앞을 막아선 정화 부인이 말했다.

"거래는 거래, 왜 약속을 안 지키는 것이냐?"

"약속이라니 그게 무슨 말인지 모르겠습니다."

한빈이 고개를 갸웃했다. 아무리 생각해 봐도 정화 부인은 대단했다.

조금 전까지 한빈의 목에 비수를 꽂으려던 여인이었다. 그런데 지금은 아무 일 없었다는 듯 자신의 아들을 구하려 하고 있었다.

정화 부인이 분한지 입술을 살짝 깨문다.

순간 입술 사이로 비치는 핏물.

흘러내리는 것은 피가 아니라 원망일 테지만, 그녀는 아무렇지도 않게 말을 이었다.

"이 호위와 비무를 허락하면 셋째를 꺼내 준다고 하지 않았더냐?"

"그건 저를 해치려 하지 않았을 때의 일입니다. 비수를 제게 들이댄 순간 조건은 바뀌었습니다."

한빈이 눈매를 좁히며 답하자 표정 하나 변하지 않고 정화 부인이 다시 물었다.

"그럼 무엇을 원하느냐?"

"제가 이무명 호위를 육 개월간 쓸 수 있도록 해 주시지요."

"흠."

정화 부인이 눈을 가늘게 뜨며 머릿속으로 주판알을 튕겼다.

사실 결론은 미리 정해졌다.

정화 부인이 계산하고 있는 것은 고민하는 모습을 얼마나 보여 줘야 할까였다.

그것은 왜일까?

이유는 간단했다. 정화 부인은 화첩에 난을 하나 더 그리고 오는 길이었다. 즉, 이무명을 제거하기로 한 것이다.

장차 하남정가까지 자신의 손에 넣고 싶어 하는 그녀였다. 그런데 자신과 척을 진 이무명이 하남정가로 돌아간다면?

그것은 좋은 일이 아니었다.

그러니 지금 한빈에게 이무명을 보내 놓고 나중에 제거한다면?

그의 죽음에 대한 책임을 한빈에게 물을 수 있는 기회였다.

적당히 시간을 끈 정화 부인이 고개를 끄덕였다.

"좋다. 그리하도록 하지."

"네, 감사합니다. 그럼 집법당주님께 말씀드리도록 하지요."

"그래, 약속은 지키거라."

그 말을 마지막으로 정화 부인은 자리에서 떠났다.

한바탕 폭풍이 몰아친 의당의 앞마당에서는 모두가 멍한 얼굴로 한빈을 바라보고 있었다.

그때 이무명이 한빈을 걱정스러운 눈빛으로 바라봤다.

"사 공자님, 괜찮으시겠습니까?"

호칭이 바뀌었지만, 한빈은 모른 척 답했다.

"뭘 말입니까?"

"저는 일주일 안에 하남정가로 떠날 예정입니다."

"알고 있습니다."

"그런데 왜 그런 조건을 거긴 겁니까?"

"어차피 떠나실 거라면 편안한 마음으로 하남정가로 향하시는 게 좋지 않겠습니까? 정화 부인은 제게 권한을 넘겼고 저는 이무명 호위가 언제든 떠날 수 있도록 허락했습니다."

한빈도 호칭이 바뀌었다.

자연스레 관계가 다시 정립되었다.

하지만, 중요한 것은 관계가 아니라 감정이었다.

이무명이 한참 동안 한빈을 바라봤다.

"감사하다는 말씀밖에 드릴 수 없어 죄송합니다."

이무명이 깊숙이 허리를 숙였다.

한빈이 말했다.

"일단 치료부터 받죠."

한빈은 천천히 장자명에게 걸어가 사람 좋은 얼굴로 물었다.

"장 의원, 잘 지냈지?"

"그, 그럼요. 주군."

장자명이 떨리는 목소리로 답하자 한빈이 그의 등을 토닥였다.

"장 의원, 그냥 편히 대해. 누가 보면 내가 나쁜 사람인 줄 알겠어."

"누가 그런 오해를 하겠습니까? 절대 그런 일 없습니다."

장자명이 재빨리 손을 내저었다.

그런 장자명의 모습을 본 김무병은 아까 그가 말한 악랄한 행동의 주인공이 누구인지 알 것 같았다.

그래도 확신을 못 하는 이유는, 그의 눈에는 아직도 하북 팽가 최고의 검쟁이였던 시절 한빈의 모습이 겹쳐 보였기 때문이었다.

같은 시각 무씨검가.

하북팽가에서 돌아온 무소율은 하루라도 편히 발을 뻗은 적이 없었다.

한빈에게 진 것이 분해서일까?

그것은 절대 아니었다.

한빈과의 비무 이후, 그녀의 마음은 완벽하게 바뀌었다.

한빈이 자신에게 짐이 되는 존재가 아닌, 힘을 보탤 수 있는 존재라고 말이다.

집으로 돌아오며 그녀는 한빈과의 파혼을 후회하기도 했다. 하지만, 집에 도착하는 즉시 그녀의 마음은 변했다.

바로 지금 눈앞에서 멍하니 연못을 바라보고 있는 무소위 때문이다.

석화교 사건 이후 한빈을 죽이겠다고 치를 떨던 동생 무소위가 어느 날부터 실성한 것처럼 연못 속에서 노니는 잉어만을 바라보는 것이었다.

아니 표현이 다소 잘못되었다. 실성한 것처럼이 아니라 실성한 것이 분명했다.

용하다는 의원을 다 모셔 왔지만, 무소위의 상태는 호전되지 않았다.

무소율이 무소위에게 다가갔다.

"소위야, 괜찮니?"

"……."

연못에 쪼그려 앉은 무소위는 대답이 없었다.

"흠."

무소율은 입술을 잘근잘근 깨물었다.

이제는 입술에서 나올 피도 없을 정도였다.

"죽여 버릴 거야. 죽여 버릴 거야……."

무소율은 같은 말만 반복했다.

그녀에게 한빈은 애증 그 자체가 되었다.

뭔가 결심한 무소율은 무씨검가의 가주전으로 달려갔다.

덜컹.

거칠게 가주전의 문을 연 무소율은 잠시 멈칫했다.

가주전의 분위기가 이상했기 때문이다.

검가의 원로들이 한자리에 모여 있었다.

하지만, 기죽을 무소율이 아니었다.

씩씩대며 한걸음에 가주 무서휘 앞으로 달려갔다.

가주 무서휘의 앞에 선 무소율이 포권했다.

"아버님을 뵈어요. 부탁드릴 것이 있어 찾아왔습니다."

무소율은 지금 갑자기 들이닥친 것에 대한 책망은 달게 받겠다는 표정으로 가주의 말을 기다렸다.

가주 무서휘가 무표정한 얼굴로 입을 열었다.

"왜 이리 늦었느냐?"

뜻밖의 말에 무소율이 잠시 당황했다.

"늦다니 그게 무슨 말씀이세요?"

"너는 동생이 저리되었는데 넋을 놓고 있을 셈이냐?"

"지금 제가 드리려던 말씀이……."

"백검대를 내줄 테니 소위를 저렇게 만든 놈을 잡아 오거라."

"네?"

무소율은 깜짝 놀라 되물었다. 자신이 이곳에 온 이유가 지금 가주가 말한 것을 부탁하기 위해서였다.

"왜 놀라느냐? 이대로 있으면 강북의 문파들이 우리를 얼마나 업신여기겠느냐? 동생의 복수를 네게 맡기마. 산 채로 잡아 오든 목을 베든 그것은 네 결정에 맡기겠다."

"존명!"

무소율은 깊숙이 포권했다.

그녀는 며칠 동안 이 순간을 기다렸다.

세부적인 내용은 얘기를 안 했지만, 그녀는 하북팽가에서 한빈을 어떻게 잡아 올지 벌써 계획을 세워 두었다.

한빈을 잡아 오면 생길 하북팽가와의 마찰은 가주 무서휘가 해결하면 될 일.

무소율은 그 뒤의 상황은 생각하지 않기로 했다.

한 시진도 지나지 않아 무소율은 출정 준비를 마쳤다.

지금 그녀의 앞에는 백의 무복을 입은 백 명의 무인들이 달빛을 가를 정도로 날카롭게 각을 잡고 정렬해 있었다.

무소율이 백검대에게 명했다.

"출발한다."

"존명!"

백명이 무사들이 무씨검가를 나섰다.

하지만, 무소위는 자신의 복수를 위해 무슨 일이 벌어지는지도 모른 채 계속 연못만 보고 있었다.

지금 무소위의 머릿속에는 수많은 움직임이 나타났다 지워졌다를 반복하고 있었다.

한빈과의 비무 이후, 무소위는 한빈을 죽이고 싶은 마음밖에 없었다. 그러던 어느 날, 무소위는 깨달았다.

지금 상태로는 한빈을 이길 수 없음을 말이다.

그러고는 석화교 위에서의 비무를 몇 번이고 떠올렸다.

한빈은 점쟁이처럼 자신의 발아래 바둑알을 깔아 움직임을 봉쇄했다.

이것이 가능한 일이던가?

무소위는 그때부터 연못 속 잉어를 관찰하기 시작했다. 가장 먼저 잉어가 지느러미를 어떻게 움직이는지 관찰해 봤다. 하지만, 그 움직임은 너무 불규칙적이었다.

그는 잉어의 방향도 예측해 봤다. 맞을 때도 있지만, 정확히 예측한다는 것은 불가능했다.

그럼 한빈은 자신의 움직임을 어떻게 예측했을까?

그것이 바로 화두였다.

무소위의 머릿속은 한빈이라는 그물에서 벗어나기 위한 자신의 보법으로 가득했다.

잉어를 보며.

물에 비친 자신을 보며 수많은 보법을 그렸다가 지웠다를 반복했다.

지금 무소위의 가슴속에 한빈에 대한 원망은 없었다.

도리어 한빈은 무소위에게 있어 스승이나 마찬가지였다.

잡힐 듯 잡히지 않는 깨달음의 화두를 던져 주었으니 말이다.

무소율이 검가를 나선 후 갑자기 비가 쏟아지기 시작했다.

무소위가 쪼그려 앉은 연못에도 마찬가지로 비가 내렸다.

툭, 툭.

떨어지는 빗방울에 시야가 흐려졌다.

그때 갑자기 빗방울이 느리게 보이기 시작했다.

무소위는 그것이 깨달음이라는 것을 알았다.

그는 자신도 모르게 가부좌를 틀었다.

텅.

가부좌를 튼 무소위의 몸 주변으로 빗방울이 비켜 가는 것만 같은 것은 착각일까?

그때 무소율을 보내고 답답한 마음에 비를 맞으며 정원을 걷던 가주 무서휘의 눈에 이상한 광경이 들어왔다.

가주 무서휘가 눈을 크게 뜨며 외쳤다.

"빨리 소위 곁에서 호법을 서거라!"

"존명."

무사들이 포권하며 무소위에게 달려갈 때 가주 무서휘가 뭔가 생각난 듯 덧붙였다.

"소위의 곁에 어떤 변화도 주지 말아라. 비를 맞도록 그대로 두고 세 걸음 밖에서 경계를 하도록."

그 말에 무사들이 말없이 포권했다.

❧

그날 밤 한빈은 이무명과 함께 하북의 번화가를 거닐었다.

이무명을 배웅하기 위해서였다.

한빈은 이무명을 그대로 보내려는 것일까?

반은 맞고 반은 틀렸다.

전생의 기억대로라면 이무명은 반드시 하남정가에서 버림받을 것이다.

그렇다면, 이무명이 돌아올 곳은 이곳밖에 없었다.

지금 지워 놓은 이 마음의 빚은 그를 강을 거슬러 돌아오는 연어처럼 만들 것이다.

"그만 들어가셔도 됩니다."

"괜찮네. 간만에 검으로 마음을 열 수 있는 친구가 생겼으니 아쉬워서 그렇지."

한빈의 말투는 어느덧 편해졌다.

이무명도 마음속으로나마 주군처럼 대하기로 했다.

"사 공자님, 오늘 호의에 정말 감사드립니다. 이렇게 의복까지 새로 마련해 주시고……."

"에이, 별말을."

한빈이 씩 웃었다.

그때 지나가는 부부가 한빈과 이무명을 바라보고는 고개를 갸웃했다.

"어머, 쌍둥이인가 보네. 어쩜 이렇게 똑같이 생겼죠?"

부부 중 여인이 말했다.

아내의 물음에 남편이 의미심장한 표정으로 고개를 끄덕

였다.

"그러게 말이야. 우리도 오늘 쌍둥이 하나 만들까?"

"참, 당신도……. 길거리에서 징그럽게 그런 말 하지 마요."

아내는 싫지 않은 기색으로 남편의 옆구리를 탁 쳤다.

"어이쿠. 나 죽네."

"당신, 괜찮아요?"

"죽을 것 같으니 빨리 집으로 돌아가자고."

남편은 너스레를 떨며 아내를 잡아끌었다.

그 모습을 흐뭇하게 바라보던 이무명이 자신의 얼굴을 만졌다.

"사 공자님, 제가 공자님과 닮았습니까?"

"조금은 닮았지."

한빈의 대답은 사실 거짓이었다. 조금이 아니라 많이 닮았으니 말이다.

한빈이 이무명을 원한 이유가 바로 이것이었다.

전생에 귀검대 소속 수하 중에 하남정가에서 온 친구가 있었다. 처음 한빈과 만났을 때 하남정가에서 온 수하는 한빈을 이무명으로 착각했었다.

후에 그는 아쉬움을 토로했다.

만약 이무명을 귀검대에 영입했다면 활용도가 무궁무진했을 거라고.

물론 그때는 이무명이 강호에서 자취를 감춘 후였다.

차후 이무명이 자신에게 돌아온다면 그를 그림자 무사로 쓰고 싶었다.

그림자 무사란 무엇인가?

간단히 한빈이 부재 시 그를 대신할 이를 말한다.

머리 모양과 복장까지 비슷하게 입으니 한빈은 그가 훌륭한 그림자 무사가 될 것이라고 확신할 수 있었다.

번화가를 지나 이제는 외곽으로 빠지는 골목으로 들어섰다.

이곳이 유일한 마을 입구였다.

한빈과 이무명이 막 인사를 나누려 할 때였다.

사내아이 한 명이 한빈의 곁으로 쪼르르 달려왔다.

"아저씨, 우리 집에서 맛있는 음식 드시고 가실래요?"

말을 던져 놓고 초롱초롱한 눈으로 한빈을 바라본다.

아마도 근처 음식점에서 호객 행위를 하는 아이 같았다.

한빈이 막 손을 흔들려는 찰나 이무명이 먼저 나섰다.

"사 공자님, 저도 아쉽습니다. 한잔만 더 하고 가는 게 어떻겠습니까?"

한빈이 빙긋 미소 지었다.

지금까지 보여 준 그의 행동으로 봐서 먼저 술을 권할 성격은 아니었다.

그만큼 하북을 떠나는 것이 아쉽다는 증거.

한빈은 그가 언젠가 자신의 곁으로 돌아올 것을 확신했다.

"그러지. 어차피 달이 지려면 밤이 기니 말이야. 오늘 코가

삐뚤어지게 마셔 보자고."

"하하! 좋습니다. 공자님."

이무명이 환하게 웃었다.

⚜

잠시 후.

사내아이가 이끄는 대로 따라간 한빈과 이무명은 허름한
주점에 도착했다.

일반 민가를 살짝 고쳐 운영하는 주점으로 보였다.

한빈이 객잔으로 들어가며 신기하다는 표정으로 두리번거
리자 이무명이 물었다.

"공자님, 이런 허름한 주점은 처음 오십니까?"

"그래, 이런 곳에 주점이 있다니 신기해서. 이런 곳이 장사
가 되려나 모르겠네."

"여기 장사까지 걱정해 주시다니, 사 공자님은 사람이 너
무 좋아 탈입니다. 뭐, 장사가 안되니 아이까지 나와서 호객
을 하는 것이겠지만요."

사람 좋다는 것은 이무명의 눈에 콩깍지가 씐 탓이었다.

한빈이 살짝 입꼬리를 올리며 아이를 바라봤다.

"여기까지 안내해 줘서 고맙구나, 아이야."

한빈은 품속에서 철전 하나를 꺼내 아이의 손에 올려 주

었다.

그리고 안타까운지 아이의 손을 살짝 잡아 주었다.

한없이 너그러워 보이는 한빈의 모습에 이무명은 흐뭇한 미소를 지었다.

그때 주점 문이 열리고 머리를 질끈 묶은 여인이 나왔다.

"어머, 손님이……."

여인이 말끝을 흐리며 사내아이를 바라봤다.

"제아야, 네가 모셔 온 거니? 내가 밤에는 나가지 말라고 했잖니, 위험하다고."

"아니에요, 엄마. 오늘은 손님이 없어 음식이 많이 남았잖 아요."

아이가 울 듯한 표정을 지었다.

그 모습에 이무명이 나섰다.

"주인장, 걱정하지 마십시오. 아이 때문에 온 게 아닙니다. 그러지 않아도 한잔 더하고 싶어서 조용한 주점을 찾고 있던 참입니다."

"아이고, 감사합니다. 우리 집이 공자님들이 오시기에는 너무 허름해서……."

여인이 말끝을 흐리자 이무명이 손을 저었다.

"아닙니다. 어서 안내해 주시지요."

"그럼 이쪽으로……."

한빈은 뒤쪽에서 그들을 따라가며 알 듯 모를 듯한 미소를 지었다.

자리에 앉은 한빈과 이무명의 옆에는 술병이 가지런히 줄을 섰다.

열심히 젓가락질하던 이무명이 말했다.

"허름한 주점치고는 고기도 신선하고 술맛도 좋습니다, 사공자님."

"그렇지, 고기가 참 신선하지? 오늘 음식이 많이 남았다고 해서 걱정했는데……."

"그러게 말입니다."

"이 호위가 좋아하니 내가 즐겁네. 그런데 아무래도 내가 술을 너무 많이 먹었나 봐."

"그렇습니다. 사 공자님이 저보다 더 많이 마셨으니까요."

"아무래도 볼일 좀 보고 와야겠어."

"네, 그러십시오, 공자님."

이무명은 기분이 좋은지 앉아 있는 상태로 포권했다.

"허, 예는 차리지 말래도."

씩 웃은 한빈이 자리에서 일어나 밖으로 나갔다.

그런데 밖으로 나간 한빈은 차 한 잔 마실 시간이 지났는데도 들어오지 않았다.

한빈이 걱정된 이무명은 자리에서 일어났다.

아니, 일어나려 했다.

세상이 핑글 도는 느낌에 이무명은 자리에 풀썩 쓰러졌다.

그때 주방에서 여인이 다급하게 나왔다.

"손님, 괜찮으세요? 손님."

여인이 이무명의 어깨를 흔들었다.

하지만, 이무명은 미동조차 하지 않았다.

순간 여인의 표정이 바뀌었다.

주방 쪽을 돌아본 여인이 나지막이 말했다.

"완벽하게 중독됐습니다, 조장님."

그녀의 말에 주방에서 아까 봤던 사내아이가 천천히 걸어 왔다.

사내아이는 아무 말 없이 손을 이무명의 코에 갖다 댔다.

약해진 호흡에 사내아이가 입꼬리를 올렸다.

"뭐, 정신은 멀쩡할 테지만, 몸은 한 치도 움직일 수 없을 테지."

사내아이의 목소리가 변했다.

이전의 앳된 목소리는 어디 가고 걸쭉한 중년의 음성이 흘러나왔다.

"역시 조장님의 신경 독은 일품이에요. 호호."

여인이 간드러지게 웃자 사내아이가 눈매를 좁혔다.

"한 놈은 어디 갔지?"

"밖에 쓰러져 있겠지요."

"그럼 잡아 와야지, 뭐 해?"

"그놈이 더 마셨어요. 황소 한 마리가 순식간에 쓰러질 양

이니 아마 이틀은 못 일어날 거예요. 그러니 일단 이놈부터
썰죠."

"그래, 그럼 장비 가져와. 잘 드는 놈으로!"

"알았어요, 조장."

여인이 쪼르르 주방으로 달려갔다.

그들의 말대로 이무명이 당한 독은 신경 독이었다.

이들이 쓴 신경 독의 특징은 몸은 순식간에 마비시키지만,
정신은 멀쩡하다는 점이었다.

그런 이유로 이무명은 그들의 대화를 모두 듣고 있었다.

강호 초출이 아닌 그는 이 상황을 짐작할 수 있었다.

소위 말하는 살인귀들에게 잡힌 것이다.

자신이 먹은 고기도 인육일지 몰랐다.

토할 것 같은 기분이 들었지만, 몸은 반응하지 않았다.

그게 문제가 아니었다.

자신이 만두 속에 들어갈 수도 있다는 점이 가장 큰 문제
였으니.

이무명을 더 두렵게 한 것은 오랜만에 만난 좋은 사람인
한빈의 목숨도 위험하다는 것이다.

그들의 대화대로 술은 한빈이 더 마셨으니 화장실에 가는
도중 쓰러졌을 것이 분명했다.

갑자기 후회가 몰려들었다.

한빈에게 주군이라 칭하지 못한 것이 끝내 아쉬웠다.

'훗.'

이무명은 속으로 웃음을 터트렸다. 죽음을 앞둔 순간에 이런 말도 안 되는 후회가 밀려들다니.

그럼 이무명이 걱정하는 한빈은 어디에 있을까?

한빈은 의외로 이무명의 가까운 곳에 있었다.

그는 주점의 대들보 위에 걸터앉아 이 모든 상황을 지켜보고 있었다.

한빈은 어떻게 중독되지 않을 수 있었을까?

정답은 의외로 간단했다.

한빈은 이곳에 오며 수상한 점을 한두 가지만 느낀 것이 아니었다.

마을 입구를 저녁에 빠져나가는 이가 있을까?

아이가 호객을 한다면 들어오는 사람을 잡기 위해 마을의 바깥쪽에서 기다렸을 것이다.

왜냐하면? 그렇게 하지 않으면 밖에서 기다리는 경쟁자에게 손님을 몽땅 빼앗기니 당연할 일이다.

그리고 변장이 어설펐다.

얼굴은 신경 썼는데 미처 손의 촉감까지는 바꾸지 못했다.

한빈은 아이에게 동전을 건네며 손을 잡았을 때, 이곳이 평범한 주점이 아님을 알아챘다.

결정적인 단서는 의외로 그들이 준비한 음식이었다.

그 음식은 이 마을의 최고 객잔인 만향객잔의 음식이었다.

신선함과 맛으로 혀끝을 유혹하려는 의도였지만, 한빈은 근처 객잔의 맛을 기억해 둔 지 오래였다.

한빈의 관점에서 그들은 그저 어설픈 악당들이었다.

모든 것을 미리 알아챈 한빈은 허리에 찬 죽통에 술을 모두 부어 버렸다.

그럼 한빈은 왜 그들은 단칼에 베지 않고 이렇게 구경하고 있는 것일까?

한빈은 그들의 의도를 알고 싶었다.

단순한 살인귀인지 아니면 자신과 이무명을 죽이러 온 살수들인지 말이다.

현재까지의 대화를 들어 보면 그들은 살수에 가까웠다. 그것도 살인을 즐기는 살수.

살인에 감정이 개입되면 일을 그르치게 마련.

한빈은 그들이 최고의 살수 집단은 아니라고 결론 내렸다.

'쩝!'

한빈은 입맛을 다셨다. 누군지는 몰라도 자신을 물로 보고 돈을 아꼈다는 점에서 한숨이 나왔다.

한빈이 상황을 주시하고 있을 때, 여인이 칼을 들고 나왔다.

박도를 반으로 잘라 놓은 듯한 거대한 식칼.

칼에는 핏물이 굳어 시커먼 자국을 남기고 있었다.

끈적거리는 자국들에는 사람이 머리카락이 붙어 공포감을

자아내고 있었다.

사내아이가 말했다.

"아, 작업하기 전에 칼 좀 갈아 놓으라니까. 썰고 나서 이대로 두면 칼이 상한다고."

"알았어요, 조장. 잔소리 좀 그만해요."

"그러니까. 알아서 장비 잘 챙기라고. 뭐, 아쉬운 대로 오늘은 그냥 썰어야겠네."

사내아이가 일도양단의 기세로 식칼을 높이 들었다.

한빈도 더는 기다릴 수 없어 용린검법의 구결 중 '전광석화'를 운용했다.

슉슉.

용린검법의 공력이 혈도를 타고 노도와 같이 지나간다.

막, 한빈이 뛰어내리려 할 때였다.

덜컹!

문이 열리고 백색 무복의 사내가 들어왔다.

"주인장."

새로운 인물의 등장에 사내아이가 재빨리 식칼을 여인에게 넘겼다.

여인은 식칼을 주방 옆에 던져 놓고는 능청스럽게 답했다.

"네, 무슨 일이세요?"

"술 좀 채우러 왔소."

사내는 여인에게 죽통 몇 개를 건넸다.

뭐, 강호에서 새삼스러운 일은 아니었다.

밤낮없이 달려야 할 때는 주점에 들러 이렇게 술을 채운 후 잠깐씩 쉴 때, 노상에서 들이켜는 것도 흔한 일이었다.

"어떤 술로 담아 드릴까요?"

"그냥 화주면 족하오."

"네, 그럼 잠시만 기다리세요."

돌아선 여인의 눈이 반짝였다.

여인이 주방으로 사라지자 백색 무복의 무사가 사내아이를 바라봤다.

"귀여운 아이구나."

무사는 아이의 머리를 쓰다듬었다. 동시에 아이의 미간에 살짝 주름이 잡혔다.

하지만, 무사는 알아채지 못했다.

그때 다시 문이 열리고 이번에는 백색 무복의 여인이 들어왔다.

여인은 무사를 보고 물었다.

"왜 이리 늦는 거지?"

"죄송합니다. 주인장이 술을 채우러 주방에 들어갔으니 곧 나올 겁니다."

"알았어, 그런데 목이 마르네. 물 좀 찾아봐."

여인의 말에 무사가 주위를 살렸다.

그때 사내아이가 한쪽으로 시선을 던졌다.

신경 독을 넣어 둔 물통을 숨기기 위해서였다.

하지만, 그것은 오해를 만들었다.

아이가 눈짓으로 물통을 가리킨다고 오해한 무사가 신경 독이 가득 담긴 물통을 잡은 것이다.

신경 독이 담긴 물통을 여인에게 건넨 무사가 말했다.

"잔을 드릴까요?"

"아니, 괜찮다."

손을 저은 여인이 통에 든 물을 들이켰다.

꿀꺽.

식도를 타고 신경 독이 여인의 몸으로 들어갔다.

사내아이의 인상이 구겨졌다.

"그, 그게 얼마짜리인데!"

아이의 말에 무사가 품속에서 동전을 꺼내 탁자 위에 올려 놨다.

"이건 물값이다."

"아."

사내아이가 구겨진 표정 그대로 주방을 바라보며 엄지를 아래로 내렸다.

신호를 받은 주방의 여인이 대롱을 들었다.

피슝!

대롱에서 독침이 나가 무사에게 박혔다.

푹.

순식간에 일어난 황당한 상황에 백색 무복 여인이 검을 빼들었다.

스릉.

하지만, 검은 반쯤 나오다가 멈췄다.

털썩.

백색 무복의 여인도 신경 독에 중독되었다.

사내아이가 손을 털더니 바닥에 침을 뱉었다.

"퉤, 오늘따라 일이 복잡해지네."

그때 주방에서 여인이 나왔다.

"뭐, 부수입이라 생각하죠."

"그럼 부수입부터 썰어 볼까?"

사내아이가 활짝 웃으며 주방에 던져 놨던 식칼을 들었다.

대들보 위에서 그들의 대화를 듣던 한빈은 머리를 감싸 쥐었다.

정작 일이 꼬인 것은 한빈이었기 때문이다.

지금 쓰러진 백색 무복의 여인은 다름 아닌 무씨검가의 무소율이었다.

그가 무사를 대동하고 여기까지 왔다는 것은 자신에게 볼일이 있다는 것이 분명했다.

지금은 오해받기 딱 좋은 상황이었다.

그렇다고 이대로 내버려 둘 수도 없었다.

한빈이 위에서 한숨을 쉬고 있을 때 사내아이는 무소율을 향해 성큼성큼 다가갔다.

그때 여인이 말했다.

"저는 이 친구를 썰게요."

살수 여인이 이무명을 가리켰다.

"알아서 하라고."

씩 웃은 사내아이가 식칼을 높이 쳐들었다가 아래로 내려쳤다.

휙!

무소율의 목이 달아나기 일보 직전이었다.

사내아이는 고개를 갸웃했다.

분명 식칼로 내려쳤는데 목표의 목이 멀쩡했기 때문이다. 게다가 뭔가 휑한 느낌마저 들었다.

사내아이가 무심코 아래를 내려다봤다.

"앗!"

사내아이가 비명을 질렀다.

바닥에는 식칼을 움켜쥔 사내아이의 손목이 뒹굴고 있었다.

한빈은 용린검법 중 '일촉즉발'의 초식을 사용했다.

전광석화와 중복된 일촉즉발의 수법은 살수가 자신의 손이 떨어져 나가는지도 모를 정도로 빨랐다.

한빈은 고통에 몸부림치는 사내아이의 마혈을 제압했다.

털썩!

사내아이가 쓰러지자, 한빈은 다음 목표로 살수 여인을 노렸다.

표홀히 자리에서 사라진 한빈의 신형이 여인의 뒤에서 나타났다.

퍽!

한빈이 여인의 마혈을 제압했다.

털썩!

여인이 수수깡처럼 쓰러졌다.

"휴."

한빈이 이마에 흐르는 땀을 닦아 냈다.

이제 이무명을 데리고 이곳에서 사라지면 되었다. 나머지 일은 무씨검가에 알리면 자연스레 해결될 일이었다.

살수의 정체도 무씨검가에서 밝힐 테니 말이다.

"이무명, 정신 차려라."

"……."

이무명은 아무런 반응이 없었다.

한빈은 할 수 없이 이무명을 부축했다.

막 주막을 나서려던 한빈이 눈을 크게 떴다.

전혀 상상 못 한 광경이 눈앞에 펼쳐졌기 때문이다.

주막 앞에는 백색 무복의 무사들로 가득했다.

족히 백 명은 되어 보이는 무사들이 똑같이 백색 무복을 입고 달빛 아래 정렬해 있는 모습은 장관이었다.

물론 한빈과 관계없을 때의 일이었다.

무사 중 하나가 나와 물었다.

"대체 주군은 어떻게 한 것이냐?"

무사가 턱짓하자 다른 무사가 안으로 뛰어 들어갔다.

안으로 뛰어 들어간 무사가 외쳤다.

"무소율 아가씨가 쓰러졌습니다!"

"뭐라고?"

무사가 흉흉한 안광을 쏘아 냈다.

범인이 한빈이라 의심하는 모양새다.

그때 무사 중 하나가 외쳤다.

"저자가 하북팽가의 넷째 공자 팽한빈입니다!"

그의 말에 앞장선 무사가 성큼성큼 다가왔다.

"다들 저자를 포위하라."

한빈은 그들의 목표가 자신이었음을 알 수 있었다. 한빈이
외쳤다.

"왜 주군을 찾는가? 나는 사 공자의 호위 이무명이다."

그 말에 백검대의 무사들이 고개를 갸웃하다가 한빈이 부
축하고 있는 이무명을 바라봤다.

누군가 외쳤다.

"저자의 말이 맞다. 정신을 잃은 자가 사 공자 팽한빈이
다!"

그 말에 한빈이 안 보이게 미소를 지었다.

사실 이무명에게는 조금 미안했다.

동시에 고마운 마음도 들었다.

어찌 보면 지금 상황이 이무명이 수행하는 그림자 무사로서의 첫 번째 임무였다.

물론 한빈만의 생각이었다.

점점 좁혀 오는 포위망.

한빈이 외쳤다.

"우선 안에 있는 살수부터 확보하시죠! 저나 주군, 그리고 안에 있는 무사분 모두 살수에게 당했습니다."

"안은 우리 무사가 정리하고 있으니 사 공자를 넘겨라."

한빈의 코앞까지 온 무사가 검을 겨눴다.

"휴."

한숨을 내쉰 한빈이 그들이 자신이라 오해하고 있는 이무명을 건넸다.

이무명을 넘겨받은 무사가 고개를 갸웃하며 물었다.

"자네의 이름이 뭐라 했나?"

"강호에서는 절정검이라는 이름으로 불리고 있습니다."

"음."

무사가 침음을 삼키다가 다시 검을 겨눴다.

"절정검이라면 사 공자를 그리 쉽게 넘길 성격이 아니다. 저자도 잡아라!"

앞선 무사의 말에 나머지 무사들이 한빈을 에워쌌다.

스릉!

한빈도 월아를 뽑아 들었다.

훗날 강북 무림을 들썩이게 한 백 대 일 비무를 알리는 서막이었다.

챙! 챙!

한빈의 검, 월아가 백검대의 검을 막아 냈다.

계속 피하기만 하면 승산은 없었다.

스윽.

한빈의 검이 백검대의 검진 중 약한 곳을 파고들었다.

파팍!

순간 달빛을 받은 마당에 피가 튀었다.

한빈의 공격은 싸움의 정석을 보여 줬다.

일 대 다수의 싸움에서 적을 제압하는 효율적인 방법은 무엇일까?

가장 좋은 방법은 우두머리를 제압하는 것이다.

그렇다면, 우두머리가 지금처럼 정신을 잃었을 때는?

지금처럼 약자를 공격해서 그들에게 짐을 지우는 것이다.

"막내를 뒤로 빼고 검진을 보강하라!"

부상자를 보호하기 위해 다른 무사가 빠졌다.

스윽!

한빈의 칼질 한 번에 줄어드는 무사의 수는 둘이었다.

미꾸라지처럼 빠져나가는 한빈의 모습에 백검대 무사들은

혀를 찼다.

이것은 강한 것이 아니라 약은 것이었다.

얄미울 정도로 약점을 파고드는 한빈의 공격은 두렵다기보다 짜증이 났다.

한빈도 점점 초조해졌다. 용린검법의 공력이 다섯 개밖에 남지 않아서였다.

그때 한빈의 눈이 커졌다.

백검대 무사 중 몇몇에게 구결을 나타내는 점이 보인 것이다.

목숨이 왔다 갔다 하는 상황이지만, 구결을 획득할 기회를 놓칠 수는 없었다.

한빈의 검이 백검대 무사, 아니 구결을 향해서 뻗어 나갔다.

슝!

[용안(龍眼)으로 구결을 확인합니다.

[용린검법의 기본편 중 복(復)을 획득하셨습니다.

[기본편]

[속(速), 속(速), 속(速), 속(速), 속(速)……]

[……]

[복(復), 복(復), 복(復)]

[……]

이제 복이 세 개가 되었다.

지금의 결전으로 벌어졌던 상처에서 피가 멎는 느낌이었다.

방어적이었던 한빈이 갑자기 공격적으로 변하자 백검대 무사들도 당황했다.

그때 무사들의 수장이 외쳤다.

"천변백검을 펼쳐라!"

동시에 무사들의 움직임이 변했다.

사사삭!

이것은 백검대의 최상위 검진.

하나의 검에 열 번의 변화를 담는다. 즉, 백 개의 검은 천 번의 변화를 나타내는 것이다.

그들의 검이 꽃처럼 화려하게 변했다가 다시 늑대처럼 맹렬하게도 변했다.

이는 동작의 변화뿐 아니라 속도의 변화도 내포하고 있었다.

한빈도 이 싸움에서 이길 생각은 없었다.

백 명과 싸워 이긴다?

그것은 먼 훗날의 일이 될 터였다.

그들의 검이 한빈을 겹겹이 에워싸고 있을 때였다.

갑자기 어디선가 날카로운 외침이 들려왔다.

"백검대는 동작을 멈춰라!"

그 외침에 한빈을 향해 좁혀 오던 백검대의 검이 멈췄다.

이어서 백검대가 양쪽으로 갈라졌다.

그 사이로 백색 무복의 사내가 천천히 걸어왔다.

무복의 모양으로 봐서 무씨검가의 일원이 분명했다.

사내가 다가오자 한빈이 고개를 갸웃했다.

어딘가 얼굴이 익숙했기 때문이다.

"아!"

한빈은 탄성을 흘렸다. 그 사내의 정체를 알아챘기 때문이다. 한빈의 얼굴이 점점 어두워졌다.

지금 자신을 향해 걸어오는 사내는 다름 아닌 무소위였기 때문이다.

한빈은 그의 발걸음에 주목했다.

무소위의 발걸음은 정제되어 있었다. 무위가 한 단계 올라선 것이 분명했다.

터벅터벅.

한빈의 앞에 온 무소위가 갑자기 깊숙이 포권했다.

난데없는 행동에 한빈이 눈을 가늘게 떴다.

무소위는 한빈의 표정에는 아랑곳하지 않고 진지한 표정으로 말했다.

"감사합니다, 은공."

"……."

너무나도 급작스러운 말에 한빈은 맹렬히 머리를 굴렸다.

하지만, 지금은 정답을 찾는 것이 중요한 것이 아니었다.

한빈이 결심한 듯 말했다.

"얘기는 차차 듣고, 안에 있는 살수부터 정리해야 한다."

한빈과 무소위가 안으로 들어갔다.

사내아이 하나가 마혈을 제압당한 채 손목이 잘려 있었다.

무소율 일행은 먼저 들어간 무사들이 의자에 앉혀 놓은 상태다.

한빈이 사내아이의 옆으로 다가갔다.

그러고는 발목에 찬 단검을 꺼내 사내아이의 얼굴에 갖다 댔다.

놀란 무소위가 말했다.

"은공, 대체 무슨 짓을……."

무소위는 말을 잇지 못했다. 한빈이 사내아이의 얼굴을 단검으로 벗겨 내자 그곳에는 또 하나의 얼굴이 자리 잡고 있었다.

누가 봐도 마흔은 족히 넘어 보이는 얼굴.

대충 상황을 눈치챈 무소위와 백검대 대원들의 입이 딱 벌어졌다.

다음 날 아침.

한빈이 일어난 곳은 무씨검가였다.

무씨검가의 금지옥엽 무소율이 얽힌 일이기에 그들은 한빈과 이무명을 그냥 보내 줄 수는 없었다.

대신 하북팽가의 처소보다 더 화려한 방에서 한빈은 깨어났다.

한빈의 부스럭거리는 소리를 들은 시녀가 조심스럽게 들어왔다.

"공자님, 여기 의복을 준비했어요. 그리고 제가 가주전으로 안내해 드리겠습니다. 기침하시면 모시라는 가주님의 지시입니다."

"그래, 알았다. 내 일행은 어디에 있지?"

이무명을 말함이었다.

시녀가 답했다.

"그분은 아직 주무시고 계세요. 저희 의원 말씀으로는 해약을 처방했으니 점심때쯤이면 일어날 것이라 해요."

"그래, 고맙다."

한빈은 더는 묻지 않고 준비된 옷을 입었다.

옷을 입고 난 한빈이 여유 있게 웃었다. 전에 입던 붉은색 무복과 똑같은 옷을 무씨검가에서 준비했기 때문이다.

이리 똑같은 옷을 준비하려면 밤새도록 바느질을 해야 했을 터.

이것은 그들이 한빈에게 보이는 호의의 증거였다.

옷을 다 입은 한빈은 가주전에서 무씨검가의 무서휘와 마주 앉았다.

"식사보다 차를 먼저 준비해서 미안하네."

"괜찮습니다."

한빈은 찻잔을 들어 차향을 음미했다.

차로 입술을 축이자 가주 무서휘가 본론을 말했다.

"어제 자네가 잡은 자들은 살귀곡의 살수들이네. 독단을 깨물고 자결했지만, 등에서 그들의 증표를 찾았네."

"그렇군요."

한빈이 무심히 답했다.

권한을 주시죠

증표가 나왔어도 그들이 살귀곡의 인물이라고는 할 수 없었다.

고의로 정체를 들키지 않도록 다른 살수 집단으로 위장하는 것도 비일비재했기 때문이다.

"별로 놀라지 않는군."

"살수라는 것은 알고 있었으니까 놀랄 일은 아닙니다. 다만, 궁금한 것은 그들의 목표가 누구였고, 사주한 인물이 누구냐는 점이죠."

"미안하네. 그것까지는 밝히지 못했네. 그들의 시체는 관아에서 찾아갔다네."

"살수가 죽이는 것은 무인이 될 수도 있고 일반 백성이 될 수도 있으니 관에서 담당하는 것 맞겠지요. 그런데 무소위는 어떻게 된 것입니까?"

"흠, 그러니까……."

가주 무서휘는 자신의 아들이 깨달음을 얻게 된 과정을 털어놓기 시작했다.

"음, 그러니까. 모든 것이 제 탓이라는 거네요."

"탓이 아니라 은혜일세. 비록 우리 아이와 파혼하는 악연을 지녔지만, 자네는 우리 가문에게 기연도 주었네."

"그럼 서로 빚은 없는 걸로 하죠."

"아니, 소위가 자네에게 빚 하나 진 걸로 하지."

말을 마친 무서휘는 한빈을 부드러운 눈빛으로 바라봤다.

⁕

이 주 후.

한빈은 좀 긴 휴식을 취했다.

이 주 전 사건의 여파가 컸기 때문이다.

내심 기다리고 있는 소식도 있었다.

그것은 자신이 해결한 살수 사건과 무씨검가와의 백 대 일 비무였다.

들어오는 명성을 마다할 한빈이 아니었다.

지금 한빈의 앞에는 이무명이 있었다.

그는 그날 일이 있은 후 마음을 바꿔 한빈의 곁에 남기로
했다.

아직은 육 개월이라는 한시적인 계약이지만 말이다.

"주군, 몸은 좀 어떠십니까?"

"괜찮아. 이 호위는 좀 어때?"

"주군 덕분에 저는 괜찮습니다. 그런데 궁금한 것이 있습
니다."

"편안히 말해 봐."

"백검대가 들이닥쳤을 때 왜 저인 척하셨습니까?"

"아, 그건……."

한빈이 말끝을 흐렸다. 육 개월 동안 이곳에 남기로 한 이
무명에게 사실을 말해 줄 수는 없었다.

한빈이 적당히 둘러대려 할 때였다.

덜컹.

문이 열리고 철노가 허겁지겁 뛰어왔다.

"왜 그래, 철노?"

"공자님, 지금 하북이 들썩이고 있어요."

"또 사건이 일어난 거야?"

"그게 아니라, 백 대 일 비무에 대한 소문으로 지금 하북이
난리예요."

"흠."

한빈이 헛기침하며 보이지 않게 웃었다.

드디어 기다리던 소문이 퍼졌기 때문이었다.

표정을 수습한 한빈이 물었다.

"철노, 자세히 말해 봐."

"그러니까 여기 계신 이무명 호위가……."

"잠깐, 뭐라고?"

"이무명 호위가 살수 집단을 박살 내고 백검대와 오해가 생겨서 일전을 치른 사건이 백 대 일 비무 사건이잖아요. 이제는 삼척동자도 다 아는데요."

"아."

한빈이 탄성을 흘렸다. 대충 어찌 된 일인지 알 것 같았다.

자신이 그날 이무명이라 밝힌 것 때문에 생긴 오해 같았다.

그때 이무명이 자리에서 일어났다.

"왜 그래, 이 호위?"

"제게 명성을 주시려고 제 이름을 대셨던 거군요. 감사합니다, 주군."

이무명의 포권에 영문을 모르는 철노는 고개를 갸웃했다.

한빈은 조용히 고개를 끄덕이고 말았다.

명성이 아니라면 신뢰라도 얻어야 하는 한빈은 이무명의 추리에 동조할 수밖에 없었다.

하북팽가의 집법당.

팽대위는 머릴 감싸 쥐며 눈앞에 쌓인 서류 더미를 바라봤다.

설마설마했는데 이리 서류들이 밀려들 줄은 몰랐던 것이다.

팽대위가 수하를 보며 물었다.

"형님은 폐관에서 언제 나오시는 거지?"

"아직 소식이 없습니다. 그쪽 얘기에 따르면 벽곡단을 좀더 가져오라고 하셨습니다."

"아, 무슨 폐관을 그렇게 오래 하는 거야. 그리고 벽곡단이 떨어지면 수련을 그만해야 하는 게 가칙 아니야?"

"죄송하지만, 팽가에 그런 가칙은 없습니다."

"아니야. 이제라도 만들어야 해."

"그럼 지금 가주 대행이시니 직접 만들면 되지 않을까요? 제가 관련 서류 대령할까요?"

"허, 너 나 놀리는 거야?"

"아, 아닙니다."

그때 집법당 문이 열리고 수하 하나가 뛰어왔다.

"집법당주님, 지금 하북성에서 손님이 왔습니다."

"하하. 그렇다면 내가 가서 맞아야지."

팽대위가 서류를 옆으로 밀어 놓고 자리에서 일어났다.

하북팽가의 접객당.
팽대위는 정주섭에게 포권지례를 올렸다.
"정 대인, 오랜만에 뵙습니다. 별일 없으셨는지요?"
"네, 저야 덕분에 잘 지내고 있습니다. 혹시 가주님께서는……."
가주를 찾는 것으로 봐서 가벼운 일은 아니었다.
팽대위가 답했다.
"폐관에 들어가셔서 제가 가주 대행을 맡고 있습니다."
그 후 마치 관례라도 되는 듯 차 한 잔 마실 시간 정도 서로의 안부를 묻는 시답잖은 얘기들이 오갔다.
찻잔의 바닥이 보이자 정주섭이 슬그머니 웃으며 입을 열었다.
"그럼 팽 당주님께 부탁을 드려야겠군요."
"말씀해 보시죠."
"요즘 하북성 남쪽의 정문산 쪽에서 늑대가 출몰해서 백성들을 해치고 있다는 민원이 끊이질 않고 있습니다."
"정문산이라면? 절호곡이 근처에 있지 않습니까? 그곳 늑대는 사납기로 소문이 났지만, 민가로 내려오는 일은 없지 않습니까?"
"얼마 전까지는 그랬죠. 그런데 한 달 전부터 상황이 달라졌습니다."

"흠."

"왜 그러십니까?"

"절호곡은 정의맹에서 금지로 선포한 곳인데 그곳의 늑대
가 민가를 습격한다면……."

"네, 염려하시는 그대로입니다. 하북성에서도 관군을 투입
했지만, 언 발에 오줌 누기와도 똑같더군요. 그래서 정의맹
에 협조를 요청했습니다."

"그럼 하북팽가가 정의맹의 일원으로 참여하기를 원하시
는 겁니까?"

팽대위의 표정이 바뀌었다.

팽대위의 이마에는 마치 '조건은?'이라고 써 있는 것 같았
다.

관계는 관계고 사업은 사업이었다.

의미 없는 일에 팽가의 식구를 내보낼 만큼 팽대위는 속이
없지 않았다.

팽대위의 표정을 본 정주섭이 고개를 끄덕이며 말을 이었
다.

"맞습니다, 팽 당주. 하지만, 무보수는 아닙니다. 관에서는
늑대 머리 하나에 은자 한 냥을 걸었습니다."

"그 정도라면 낭인들이 몰려들 텐데요."

팽대위가 관심을 나타내자 정주섭이 상체를 기울이며 나

지막이 말했다.

"만약의 불상사를 대비해서 통제할 힘이 필요합니다. 사례
는 따로 하겠습니다."

팽대위의 얼굴에 화색이 돌았다.

"그럼 저희도 적당한 선에서 인원을 뽑도록 하지요."

"감사합니다. 이번에 도와주신 일은 관에서 잊지 않을 겁
니다."

정주섭이 떠난 다음 날.

하북팽가 가주전에는 원로와 각주 들이 모였다.

안건은 절호곡에 파견할 인원을 뽑는 것이었다.

원로 중 하나가 손을 들었다.

"공자 중에 한 분이 가는 것이 옳다고 봅니다."

"누가 적합하다고 생각합니까?"

"이번에 소가주 후보 자격을 얻은 막내 공자가 적합하다고
생각합니다. 지난번에 보인 무력도 그렇고 기회를 주는 것이
맞다고 생각합니다."

그들의 대화에 말에 팽대위가 고개를 갸웃했다.

관과 타 문파 그리고 팽가가 함께하는 합동 임무였다.

그것을 조절할 수 있으려면 강호 짬밥을 웬만큼 먹은 무력

대를 통째로 보내거나 원로 중에 나서는 것이 맞았다.

그때 정보를 총괄하는 현무각의 각주가 손을 들었다.

"저도 한 말씀 올려도 되겠습니까?"

"말해 보시오."

팽대위가 그의 발언을 허락했다.

"저도 막내 공자가 이번 임무를 맡는 것이 옳다고 생각합니다. 막내 공자가 실력을 보이긴 했지만, 내부에서는 아직도 소가주 후보가 된 것에 대해서 말이 조금 많습니다. 그 의혹을 깨끗이 지우기 위해서라도 막내 공자가 이번 임무를 맡는 것이 좋다고 생각합니다."

팽대위의 눈매가 가늘어졌다.

지금 발언한 이들은 모두 일 공자와 이 공자를 추종하는 무리였다.

그들은 막내 공자 한빈을 어떻게든 물어뜯으려는 것이었다.

뭐, 물어뜯는 건 말리지 않았다.

하지만, 한빈이 관군과 합동 임무에서 작은 실수라도 한다면 그 결과는?

모조리 가문의 부담으로 돌아오기 마련이었다.

지금 한빈을 추천한 이들은 가문의 입장은 일 할도 생각하지 않고 한빈을 궁지로 몰아넣으려는 이들이었다.

'아, 쓰벌.'

팽대위는 자신에게 짐을 넘기고 폐관 수련을 들어간 팽강위를 원망했다.

그때 하얀 수염에 깡마른 체구가 인상적인 대장로가 조용히 목소리를 냈다.

"아무래도 막내 공자를 이곳으로 불러 의향을 묻는 것이 좋겠습니다."

팽대위에게 대장로의 발언은 한 줄기 빛이었다.

그는 재빨리 손뼉을 쳤다.

짝!

"그럼 대장로님의 의견대로 막내 공자를 이곳으로 부르지요."

팽대위가 턱짓하자 무사 하나가 가주전을 빠져나갔다.

연락을 받은 한빈은 자신에게 기회가 왔음을 느꼈다.

어떻게 해서든 관과 관계를 맺어야 했다.

그런데 이렇게 기회가 온 것이었다.

가주전에 도착한 한빈은 원로와 각주 들의 날카로운 눈빛에 자신이 표적이 되었음을 느꼈다.

요즘 들어 지루했는데, 간만에 칼날 위를 걷는 듯한 느낌에 한빈은 작게 웃었다.

이런 느낌이 바로 살아 있다는 증거였다.

주위를 둘러본 한빈의 시선이 팽대위에게 멈췄다.

"부르셨습니까?"

"막내 공자, 거기 앉게."

팽대위는 끝자리를 가리켰다.

한빈이 앉자 팽대위가 말을 이었다.

"요즘 하북에서……."

설명을 듣던 한빈이 눈을 가늘게 떴다.

팽대위의 설명을 들어 보니, 전생에 일명 절호곡 토벌 작전으로 불리는 사건임을 알 수 있었다.

하지만 한빈의 기억에, 토벌 작전이 끝난 후에는 절호곡 혈사라는 이름으로 바뀌었었다.

토벌 작전에 투입된 정의맹 무사와 낭인 들 중 무려 스무 명이 실종되었기 때문이다.

일각에서는 마교의 소행으로 짐작했지만, 그 뒤 발견된 스무 구의 시체로 마교는 용의선상(容疑線上)에서 지워졌다.

뜯겨 나간 부위로 추측할 때 마교의 무공과는 전혀 달랐기 때문이다.

그 후 절호곡의 비극은 완벽하게 미궁에 빠졌다.

이번 생은 다를 것이었다.

위기는 피하고 기회는 잡으면 되었다.

관의 부탁을 해결해 주고 나면 부탁할 명분도 생기기 마련.

하지만 드러낼 수는 없었다.

한빈의 표정을 본 팽대위가 물었다.

"왜 말이 없지? 겁나나?"

"아닙니다."

"그런데 표정이 왜 그렇지?"

"제가 나가는 건 괜찮지만, 제가 관과의 합동작전을 잘 수행할 수 있을지 의문입니다."

"그건 자신이 없다는 말인가?"

"아닙니다. 제가 걱정하는 것은 제 지위입니다."

팽대위가 눈을 가늘게 떴다.

"지위라?"

"네, 제가 소가주 후보가 된 사실에 대해서 흉흉한 소문이 도는 것을 알고 있습니다. 가문에서 저를 인정하지 않는 것도 알고 있습니다."

한빈은 원로들과 각주들을 힐끔 바라봤다. 시선이 마주친 이들은 모른 척 고개를 돌리기 바빴다.

그 모습에 팽대위가 호기심 가득한 표정으로 물었다.

"그래서 이번 임무를 포기하겠다는 말인가?"

"이번 임무를 받아들이겠습니다. 대신에……."

"대신에? 뭘 바라는 거지?"

"가주 패를 주십시오."

순간 여기저기서 혀 차는 소리가 튀어나왔다.

"허허."

"그걸 말이라고······."

그들의 표정을 본 한빈이 손바닥을 보이며 소란을 눌렀다.

"만약에 제가 이번 임무에 같이 가자 부탁하면 같이 가 주실 분 계십니까?"

한빈이 주위를 둘러봤다.

"흠."

원로 중 하나가 헛기침하자 한빈이 다시 말을 이었다.

"이게 가문 내의 저의 위치입니다. 그런데 다른 문파들도 함께하는 이번 임무에서 제 말이 먹히겠습니까?"

한빈의 말에 침묵만이 맴돌았다.

"······."

모두를 둘러본 한빈이 말했다.

"가주 패가 아니어도 좋습니다. 타 문파에서 저를 무시하지 않을 만한 위치를 만들어 주십시오."

말을 마친 한빈은 모두에게 정중히 포권했다.

도중에도 한빈은 모두의 표정을 살폈다.

대부분은 적.

상관없는 척 딴짓을 하는 이.

소수의 아군.

한빈은 이 판을 보며 적과 아군의 얼굴을 머리에 새겼다.

그때였다.

팽대위가 탁자 위에 패 하나를 아무렇지도 않게 던졌다.

주르륵.

미끄러져 오던 패는 한빈의 앞까지 와서 멈췄다.

한빈이 반사적으로 패를 잡자 팽대위가 물었다.

"이걸로 된 건가?"

한빈은 손에 든 패를 확인했다.

앞면에는 하북, 뒷면에는 팽.

게다가 살을 에는 듯 차가운 감촉.

분명히 만년한철(萬年寒鐵)로 만든 가주 패였다.

한빈이 씩 웃었다.

"믿어 주셔서 감사합니다."

동시에 여기저기서 불만이 터져 나왔다.

"어떻게 가주 패를 저리 쉽게……."

"가주 대행, 이게 무슨……."

그 모든 목소리를 팽대위의 다음 말이 잠재웠다.

"이제 서류는 저쪽에 맡기겠습니다."

팽대위가 가리킨 곳은 한빈이었다.

모두가 뜨악한 표정으로 입을 다물지 못할 때, 팽대위가
일어났다.

"오늘 회의는 이것으로 마칩니다."

팽대위는 짧게 포권한 뒤 가주전을 나갔다.

한빈도 조용히 자리를 빠져나왔다.

뒤쪽에서는 불만이 가득한 원로와 각주 들로 아수라장이

되어 가고 있었다.

그러거나 말거나.

한빈과는 관계없는 일이었다.

그들에게 불을 붙이는 것이 한빈이 의도한 바였다.

그 결과에 따라 목을 비틀 순서를 결정할 수 있었으니까.

***

"참, 우리 팽호사대에 임무 하나가 떨어졌어."

"어떤 임무입니까?"

소대섭이 진지한 표정으로 묻자 한빈이 아무렇지도 않게 말했다.

"늑대 사냥."

소대섭이 의심 가득한 눈빛으로 물었다.

"늑대 사냥이라니, 그게 무슨 말씀입니까?"

"요즘 절호곡에서 늑대가 민가로 내려오나 봐. 관과의 합동임무이니……."

한빈은 말끝을 흐리며 소대섭과 심미호를 번갈아 봤다.

둘은 침을 꿀꺽 삼키며 한빈의 다음 말을 기다렸다.

그들의 표정을 본 한빈이 웃었다.

"이번에는 심미호 부대주가 동행해 줘야겠어. 그리고 조호와 장삼도 준비시켜."

"존명."

심미호가 활짝 웃으며 포권하자 옆에 있던 소대섭이 어깨를 늘어뜨렸다.

그 모습에 한빈이 말했다.

"소대섭 대주는 남은 대원을 좀 빡세게 굴려."

한빈이 서찰을 건네자 소대섭은 재빨리 확인했다.

서찰을 읽어 나가는 소대섭의 눈이 점점 커지자 심미호도 고개를 들이밀고 같이 읽었다.

"헉!"

심미호가 비명을 질렀다.

뒤를 이어 소대섭이 입을 열었다.

"여기 나온 대로 하면 저희는 죽습니다."

소대섭이 서찰의 여기저기를 가리켰다.

그곳에는 한빈이 준비한 훈련 내용이 빼곡하게 적혀 있었다.

지난번보다 높은 강도에 소대섭은 정신이 어질어질했다.

천수장에 입소하느니 절호곡의 임무에 따라가는 것이 백 번 남는 장사였다.

"내가 다녀오는 동안 성실히 이행한다면, 은자 열 냥을 보장하지."

"네, 열심히 하겠습니다."

소대섭의 빠른 변화에 한빈이 웃었다.

아무래도 딸아이의 치료비가 부족한 모양이었다.

사냥에서 돌아오면 처리하기로 결심했다.

실로 탄성이 나오는 태세 전환에, 심미호가 어이없다는 듯 입을 벌렸다.

"대주님, 너무하신 거 아니에요?"

"돈생돈사 아닌가? 부대주."

"그건 그렇지요."

그때 한빈이 소대섭을 다시 불렀다.

"소 대주."

"네, 주군."

"별도로 부탁 하나 할게."

"말씀하십시오. 주군."

"철노가 수련에 참가하고 싶다고 하면 같이 넣어 줘."

"철노를요?"

소대섭이 철노를 힐끔 바라봤다.

철노는 무슨 소리냐는 듯 고개를 흔들었다.

그 모습에 한빈이 물었다.

"이제 철노도 무공을 찾아야지."

"무슨 무공요? 공자님."

"잃어버린 무공을 찾아서 나를 보호해 준다면서."

"아."

철노가 아무런 말도 못 하고 하늘을 올려다보자 여기저기서 웃음이 터져 나왔다.

그때 소대섭이 포권하며 말했다.

"주군의 명에 따르겠습니다."

동시에 철노가 자리에서 사라졌다.

그날 밤.

가주의 둘째 부인인 정화 부인의 처소.

정화 부인이 찻잔을 손가락으로 만지며 한숨을 내쉬었다.

"후."

그 한숨 소리에 맞춰 앞에 있는 사내가 고개를 떨궜다.

정화 부인이 서늘한 눈빛으로 둘을 바라봤다.

"남자는 무슨 일이 있어도 고개를 곧게 들어야 한다. 강아 지한테 물렸다고 다리를 저는 호랑이가 있더냐?"

이것은 정화 부인이 자신에게 하는 말이기도 했다.

"네, 알겠습니다. 어머님."

지금 대답한 이는 삼 공자 팽무빈이였다.

정화 부인의 입이 다시 열렸다.

"하지만!"

그녀의 서늘한 목소리가 실내에 울렸다.

팽무빈이 표정을 굳힐 때, 그녀는 탁자에 찻잔을 내려놓았다.

탁!

순간 찻잔에 일렁이던 찻물이 밖으로 나와 사방으로 비산
했다.

찻물이 팽무빈에게 튀었지만, 그는 굳은 표정으로 정화 부
인의 뒷이야기만 기다렸다.

살짝 튄 찻물이 말라 갈 때쯤 정화 부인이 말했다.

"내가 아니었으면 너는 비급 반출 누명을 고스란히 쓸 뻔
했다."

"죄송합니다."

"그리고 그 일을 해결하니 또 사고를 쳤지. 내가 사 공자
놈에게 고개를 숙이지 않았다면 넌 뇌옥에서 육 개월은 썩었
겠지."

"……."

팽무빈은 아무 말도 할 수 없었다.

억울한 면도 있었지만, 대체로 어머니 정화 부인의 말이
맞았다.

정화 부인이 한기가 풀풀 날리는 표정으로 말했다.

"어떤 일이 있어도 내 발목을 잡아서는 안 된다. 만약에 그
런 일이 있다면, 너를 이 집에 둘 수 없다."

"네, 명심하겠습니다."

팽무빈이 고개를 조아렸다.

수북한 난 속에 보이는 숫자.

정화 부인은 붓을 들어 숫자 하나를 아예 지웠다.

그냥 지운 것이 아니라 아예 붓을 몇 번이고 칠해 숫자 자체를 없애 버렸다.

그러고는 서찰 하나를 쓰기 시작했다.

휙. 휙.

일필휘지로 써 내려간 서찰을 봉투에 넣은 그녀는 수하를 불렀다.

"부르셨습니까?"

"이걸 외가에 전하게."

"네, 알겠습니다."

흑색 무복의 무사가 포권한 뒤 재빨리 사라졌다.

사라진 수하를 보던 정화 부인이 어딘가로 고개를 돌렸다.

그곳은 한빈의 처소가 있는 곳이었다.

보이지도 않는 곳을 바라보는 정화 부인의 눈빛은 팽무빈을 바라볼 때보다 더 한기를 날렸다.

정화 부인의 한숨이 짙어질 때 그녀의 창문 틈 어딘가에서 그림자 하나가 사라졌다.

그림자는 대나무 숲에서 다시 나타났다.

스르륵.

그림자의 정체는 한빈이었다.

한빈은 수련만큼이나 감시를 게을리하지 않았다.

"거참, 언제 봐도 살벌하단 말이야."

＊

다음 날, 한빈은 심미호를 불렀다.

"심 부대주."

"네, 주군."

"이 서찰 좀 천리 표국에 갖다줘."

"천리 표국은 왜요?"

"이건 주문서니, 꼭 전달해야 해."

"주문서요?"

"심 부대주도 대충 알고 있겠지? 천리 표국은 보통 표국이 아니라는 걸……."

"네?"

"몰랐어?"

"금시초문인데요."

"그럼 이번 기회에 알아 둬. 천리 표국에서 못 구하는 물건 은 없어."

"아."

심미호는 못 믿겠다는 듯 한빈과 서찰을 번갈아 봤다.

그것도 잠시 그녀는 서찰을 갈무리했다.

이제까지 한빈이 하는 일에는 모두 이유가 있었다.

가장 중요한 것은 그 결과가 나쁘지 않았다는 점이다.

"지금 바로 전달하겠습니다."

"그래, 수고해 줘."

"네, 주군."

심미호가 바람처럼 사라지자 한빈은 관자놀이를 톡톡 쳤다.

정화 부인은 마지막 수를 꺼내 들 것이다.

그에 대해 준비하려면 천리 표국에 있는 낭인왕의 도움이 절대적으로 필요했다.

일주일 후.

정문산 주변에는 이십 개의 막사가 세워졌다.

그곳에는 정의맹의 문파와 낭인 그리고 관군이 어우러져 있었다.

하북팽가의 막사가 자리 잡은 곳은 가장 끝 쪽이었다.

한빈은 막사 밖으로 나와서 두리번거렸다.

용린검법의 구결을 찾기 위함이었다.

"이렇게 많이 모였는데 상대가 없다니! 휴."

물론 한빈이 말한 것은 구결의 소유자를 말함이었다.

한빈의 한숨에 심미호가 물었다.

"상대라니요?"

"아니다. 아무래도 근방에 수맥이 흐르는지 몸이 뻐근해서."

"그럼 수련이라도……."

"아니, 괜히 힘 뺄 필요는 없지."

그때 옆에서 상냥한 목소리가 들려왔다.

"이제 한동안 이웃사촌이 될 텐데 인사드리겠습니다."

서글서글한 인상의 사내가 웃고 있었다.

한빈은 그를 확인한 후 재빨리 그가 나온 막사의 깃발을 바라봤다.

악(岳)

분명 산동악가의 깃발이었다.

굳이 척질 필요는 없는 상황.

한빈이 사람 좋은 얼굴로 그의 면모를 살폈다.

하북팽가 사람들과 버금갈 정도의 큰 키에 장창을 오른손에 들고 있는 청년이었다.

한빈은 재빨리 포권했다.

"산동악가에서도 이번 임무에 참여하셨군요."

"그렇습니다만. 댁은 도대체 누구시기에 상대를 운운하는 겁니까?"

"저는 하북팽가의 막내 공자 팽한빈이라고 합니다. 제가 말한 것은 술 상대를 말함입니다."

"죄송합니다. 제가 오해했군요. 그런데 막내 공자라면……."

상대 무사가 말끝을 흐렸다.

그 모습에 한빈이 말했다.

"제 소문이 산동까지 퍼졌나 보군요. 좋은 소문은 아닐 것 같습니다."

"아, 아닙니다. 공자. 지금 보니 소문이라는 게 믿을 게 못 되는 것 같습니다. 풍기는 기세가 하늘을 찌를 듯한데 어찌 하북의 막내 공자를 무시할 수 있겠습니까? 저는 산동악가의 악비광 공자를 모시고 있는 삼허원이라 합니다."

상대의 기분을 맞출 줄 아는 이였다.

입에 꿀이라도 바른 듯 대화를 술술 풀어 나갔다.

한빈이 작게 웃으며 답했다.

"삼 대협이셨군요."

"대협이라니 당치 않으십니다. 조금 이르긴 하지만, 저와 한잔하시겠습니까?"

산동악가의 무인이 호쾌하게 웃으며 장창을 땅에 꽂아 놓고 포권했다.

한빈도 마주 포권하며 답했다.

"좋습니다. 술은 이쪽에서 준비하지요."

"하하, 안주는 제가 준비하겠습니다."

졸지에 이루어진 두 가문의 술자리에 양쪽 무사들이 함께했다.

화주가 한 순배 돈 후, 한빈이 물었다.

"그런데 악비광 공자께서는 같이 안 오셨습니까?"

"아, 볼일이 있어 조금 늦는다고 하셔서 일단 막사를 꾸리고 있었습니다."

그때였다.

뒤쪽에서 굵직한 목소리가 들려왔다.

"누가 팽가의 막내 공자 되십니까?"

뒤를 돌아보니 장창을 들고 있는 상대가 한빈 쪽을 바라보고 있었다.

삼허원보다 머리 하나는 더 큰 체구에 창을 잡은 손에는 상처가 겹겹이 쌓여 마치 가죽 장갑을 낀 것 같은 착각이 들 정도의 사내였다.

한빈이 조용히 일어났다.

"제가 팽가의 막내 공자 팽한빈입니다."

"그렇군. 난 산동악가의 악비광이다."

악비광의 목소리에서 적의가 묻어 나왔다.

난데없는 상황에 팽가의 무사뿐 아니라 악가의 무사들도 두 눈을 동그랗게 떴다.

삼허원이 재빨리 일어나 악비광의 앞에 섰다.

"공자님, 팽가의 무사들과 얼굴을 익히는 중입니다. 무슨 일이라도 있으신지요?"

"너는 앉아 있거라. 나는 팽가의 막내 공자와 담판을 지을 것이다."

말을 마친 악비광은 장창을 들어 한빈에게 겨눴다.

황당한 상황에 심미호가 재빨리 도를 앞으로 내밀며 막아 섰다.

"갑자기 무슨 일입니까? 왜 저희 공자님을…….”

그때 한빈이 뒤쪽에서 심미호의 어깨를 잡았다.

"심 부대주, 뒤로 물러나 있게."

"아니 됩니다."

"이건 가문 간의 일. 부대주가 나설 자리가 아니야."

한빈의 말에 심미호가 할 수 없다는 듯 뒤로 물러났다.

한빈이 악비광을 보며 빙긋 웃었다.

"무슨 일 때문인지 얘기해 봐."

"얘기가 더 필요할까? 내 창으로 답하겠다."

악비광이 창을 한 바퀴 돌리더니 땅에 꽂았다.

팡!

흙먼지가 악비광의 주변으로 퍼지자 한빈이 검을 내밀며 말했다.

"왜 안주는 다 망치고 난리야. 재수 없게."

한빈이 침을 뱉었다.

그 모습에 악비광이 눈썹을 꿈틀댔다.

한빈은 반대로 해맑게 웃었다.

전투를 앞둔 이라고는 생각할 수 없는 표정.

한빈의 눈에는 반짝이는 점만이 보일 뿐이었다.

상대의 경지는 절정.

지난번 팽가에서 검을 맞댔던 절정의 도객과 비슷한 수준 같았다.

비무의 승패는 관계없었다.

구결만 얻으면 됐으니까.

스르릉!

한빈이 검을 뽑았다.

붕.

동시에 악비광이 창을 돌렸다.

창끝이 바람을 가른다.

스산한 가을바람을 창날이 가르자 휘파람 소리와 같은 공명음을 냈다.

휘잉.

그 소리에 맞춰 무인 둘의 그림자가 움직였다.

파팍!

한빈의 검도 빠르게 움직였다.

'전광석화.'

절정인 악비광에게 이 속도는 통할 것이었다.

한빈이 원하는 것은 승리가 아니라 검에 담긴 구결이었다.

획!

한빈의 검이 왼쪽 어깨를 향해 날아갔다.

붕.

창을 세워 검을 흘려보낸 악비광이 창대로 한빈의 정수리를 내리쳤다.

파박.

한빈은 이미 그 자리에 없었다.

몇 번의 공방을 주고받던 한빈과 악비광이 멀리 떨어져 서로를 노려봤다.

병장기 부딪치는 소리 때문인지 다른 문파와 관원들도 이를 구경하기 위해 몰려들었다.

"왜 갑자기 싸우는 거야?"

"나도 몰라."

관원 하나가 슬금슬금 게걸음으로 심미호에게 다가섰다.

"하북팽가 사람이죠? 왜 싸우는 겁니까?"

"몰라요."

관원이 고개를 돌려 산동악가의 삼허원에게 물었다.

"지금 무슨 일입니까?"

"저도 모릅니다."

삼허원은 고개도 돌리지 않고 둘의 비무에 집중했다.

관원은 할 수 없다는 듯 그들의 결전을 바라봤다.

눈으로 따라갈 수 없는 검로(劍路)와 창의 움직임에 관원은 탄성을 뱉었다.

"허허. 오늘 눈이 호강하네."

그때였다.

둘이 다시 격돌하며 병장기 부딪치는 소리가 막사 주변에 울렸다.

챙! 챙!

날카로운 소리 끝에.

픽.

한빈의 검이 악비광의 오른팔에 적중했다.

깊지는 않았지만, 악비광은 재빨리 뒤로 물러났다.

한빈은 씩 웃으며 어딘가를 바라봤다.

[용안(龍眼)으로 구결을 확인합니다.]

[용린검법 응용편 구결 중 난(亂)을 획득하셨습니다.]

[용린검법 응용편 구결 중 쾌(快)를 획득하셨습니다.]

[쾌(快), 검(劍), 난(亂)]

허허롭게 다른 곳을 보고 있는 한빈의 모습에 악비광이 미친 듯 달려들었다.

"넌 죽었다. 하북의 수치가 아닌 중원의 수치로 만들어 주마."

"좋습니다."

한빈이 답했다.

이건 진심이었다.

구결을 얻고 나니 다른 점 하나가 더 튀어나왔기 때문이었다.

팡! 휙!

챙! 챙!

숨 돌릴 틈 없는 공방 끝에 서로의 무복에는 피가 배어 나왔다.

한빈도.

악비광도.

점점 처참한 몰골이 되어 갔다.

그들의 결투를 보던 관원이 심미호에게 물었다.

"팽가와 악가가 원수 사이요?"

그 질문에 팽가의 심미호와 악가의 삼허원이 동시에 고개를 저었다.

관원이 고개를 갸웃했다.

원수가 아니라면 저리 치열하게 싸울 리가 없었다.

공통적으로 처참해진 몰골에 비해 둘의 표정은 갈렸다.

악비광은 미간에 깊은 골을 만든 채 창을 휘두르고 있었으나 한빈은 연신 미소를 짓고 있었다.

[……]

[용린검법의 구결 중 마(魔)를 획득하셨습니다.]

[쾌(快), 검(劍), 난(亂), 마(魔)]

한빈의 눈이 커졌다.

삼베 마(麻)가 아니라 마귀 마(魔)였다.

하지만, 한빈은 다음 글귀로 그 뜻을 알았다.

[흩어진 용린검법의 구결 중 하나의 초식을 완성했습니다. 초식이 활성화됩니다.]

[쾌검난마(快劍亂魔) - 마(魔)를 상대할 때 공격력이 십 할 증가합니다. 필요 공력 오 년. 일각 동안 지속됩니다.]

'마를 상대할 때 특화된 초식이라?'

한빈이 눈매를 좁혔다.

그때였다.

악비광의 창이 섬광을 내며 다가왔다.

구결을 확인하다 일어난 실수에 한빈이 비명을 질렀다.

'이런, 제길!'

이를 악물며 몸을 뒤틀 때 왼쪽 어깨에 통증을 밀려들어왔다.

피슉!

왼쪽 어깨를 관통당한 것이다.

악비광의 창끝은 한빈의 어깨에 박힌 채 그대로 멈춰 있었다.

이는 긴 승부의 결말을 의미했다.

한빈도 이 승부에 목숨을 걸 생각은 없었다.

그때였다.

번쩍번쩍.

악비광의 허리에 점이 나타났다.

'그렇다면?'

고민은 필요 없었다.

"가자!"

일말의 기합을 토해 낸 한빈이 앞으로 달려갔다.

푹!

한빈의 살점을 파고들었던 창날이 뒤쪽으로 쑥 삐져나왔다.

주위에서 구경하던 이들이 비명을 토해 냈다.

"헉!"

"이런 미친!"

창대가 왼쪽 어깨 뒤로 삐져나오는데도 악비광을 향해 파고드는 한빈의 모습은 마치 악귀 같았다.

놀란 것은 악비광도 마찬가지다.

목숨을 취하려고 한 승부는 아니었다.

하지만, 악비광은 창을 놓지 않았다.

대신 파고드는 한빈을 향해 왼 주먹을 날렸다.

푹.

순간 한빈의 신형이 아래로 꺼졌다.

상체를 눕혀 주먹을 피한 것이다.

동시에 한빈의 검이 악비광의 허리를 갈랐다.

'일촉즉발.'

창에 꽂힌 채로 일촉즉발의 수법을 사용해 악비광의 몸에 닿은 것이다.

"악!"

주변에서 경악성이 터졌다.

한빈의 검 끝에는 푸르스름한 검기가 일렁이고 있었다.

한빈의 검이 악비광의 허리를 두 동강 내는 것은 시간문제였다.

모두 입을 벌리고 있을 때 한빈의 검이 기적처럼 멈췄다.

탁!

하루 일을 마친 소가 동작을 멈추듯 한빈의 검도 제 할 일을 다 했다는 듯 그 자리에서 멈췄다.

툭!

악비광이 창을 떨어뜨렸다.

승복한 것이다.

하지만, 창은 바닥에 떨어지지 않았다.

한빈의 왼쪽 어깨에 대롱대롱 매달려 있었다.

모두의 시선이 악전고투를 끝낸 두 무사에게 모였다.

누군가가 말했다.

"영웅의 기상이네."

그 말과 동시에 여기저기서 박수가 튀어나왔다.

짝짝.

누군가는 손뼉을 치고.

누군가는 병장기로 땅을 찍었다.

탕! 탕!

그 울림이 정문산을 흔들 정도였다.

그때 심미호는 한빈의 표정을 봤다.

'대체 뭐지?'

한빈의 표정은 도를 깨친 선인과도 같았다.

그도 그럴 것이 한빈의 눈앞에는 처음 보는 글귀가 떠 있었다.

[용안(龍眼)으로 구결을 확인합니다.]

[용린검법 응용편 구결 중 회(回)를 획득하셨습니다.]

[최초로 인급(人級) 구결을 획득하셨습니다.]

[인급(人級) 구결 - 회(回)]

한빈은 이 글귀에서 인급 구결이 더 상위의 초식을 알려

주는 것임을 알 수 있었다.

　[인급(人級) 구결 최초 획득 특전으로 회복력이 향상됩니다. 용혈지체
에 한발 가까워졌습니다.]
　[용린검법에 대한 새로운 지식이 등록되었습니다. 경지에 따라…….]

　마지막 글귀를 본 한빈의 입가에는 미소가 떠나지 않았다.
　용린검법의 새로운 경지에 든 것이다.
　한빈의 모습에 좌중은 다시 한번 경악해야 했다.
　창에 왼쪽 어깨를 꿰뚫린 채 웃고 있는 모습은 마치 아수
라 같았다.
　누군가가 말했다.
　"대체 두 가문 사이에 무슨 원한이 있기에……."
　그의 말을 시작으로 모두는 같은 의문을 갖게 되었다.
　모두의 시선이 자신에게 모였지만, 한빈은 아무렇지도 않
게 검을 들어 그었다.
　서걱!
　어깨를 관통한 악비광의 창이 두 동강 났다.
　한빈은 뒤를 돌아보며 심미호를 불렀다.
　"심미호 부대주."
　"네, 주군."
　심미호는 달려와서 어쩔 줄을 모르고 있었다.

그 모습에 한빈이 아무렇지도 않게 창대를 가리켰다.

"심미호 부대주, 뭐 해? 빨리 빼지 않고?"

"네?"

심미호가 눈을 크게 떴다.

그곳에는 동강 난 창대가 위태롭게 흔들리고 있었다.

한빈이 재촉했다.

"이대로 둘 거야? 이러다 덧나면 어떻게 하려고. 빨리 빼!"

심미호도 마지못해 창대를 뺐다.

픽!

창이 꿰뚫은 창대 사이로 피가 울컥 쏟아졌다.

한빈은 아무렇지도 않게 막사까지 걸어갔다.

그 모습에 주변이 소란스러워졌다.

악비광은 입을 벌린 채 멀어지는 한빈을 말없이 바라봤다.

막사로 들어간 한빈은 바로 쓰러졌다.

한빈이 눈을 뜬 것은 정확히 만 하루가 지나고 나서였다.

눈을 떠 보니 자신의 키보다 머리 하나는 더 큰 무사가 옆에 누워 있었다.

자세히 보니 악비광이었다.

그때 악비광이 눈을 떴다.

순간 서로 눈이 마주친 한빈과 악비광.

피하기도 뭐하고 그렇다고 말을 걸기도 이상한 상황.

두 사람은 눈도 깜빡이지 않고 서로를 바라봤다.

얼마나 지났을까.

악비광이 먼저 입을 열었다.

"내가 포기하리다."

뜻밖의 말에 한빈이 눈매를 좁혔다.

악비광의 포기한다는 말은 어떻게 해도 해석이 안 되었다.

한빈이 물었다.

"뭘?"

"무 소저 말이오."

"무 소저라니?"

"그녀는 내가 사랑한 여인이오. 하지만, 당신에게 양보하리다."

악비광의 말은 찢어진 서찰처럼 앞뒤가 맞지 않았다.

한빈은 찢어진 문서를 맞추듯 조각을 맞춰 봤다.

'이런 제길!'

한빈은 하마터면 욕지거리를 한 주먹 토해 낼 뻔했다.

한빈이 물었다.

"하나만 물어보자."

한빈은 비무 때와 마찬가지로 하대했다.

하지만, 악비광은 그게 불편하지 않다는 듯 고개를 끄덕였다.

"말씀해 보시오."

"무 소저라는 게 혹시 무소율을 말하는 거냐?"

"그럼 무소율 소저 말고 또 누가 존재한다는 말이오?"

"잠시만, 정리 좀 해 보자."

"말씀해 보시오."

"너 나하고 무소율이 무슨 사이인 줄 아냐?"

"혼약한 사이가 아니오?"

"그건 옛날이야기고."

"옛날이야기라니 그게 무슨 말씀이오?"

"우리 파혼했어."

"거짓말하지 마시오."

"파혼한 지가 언제적 일인지도 기억도 안 나."

"내가 이틀 전에 물어봤소."

"흠."

한빈이 침음성을 흘렸다.

여자가 한을 품으면 오뉴월에 서리가 내린다더니, 일이 이렇게 흘러갈 줄은 몰랐다.

무소위에게 기연을 던져 준 게 바로 자신인데 아직도 한을 품고 있다니!

한빈은 고개를 절레절레 흔들었다.

그의 표정을 본 악비광의 표정이 살짝 바뀌었다.

"대협, 그게 정말이오?"

이젠 호칭까지 바뀌었다.

'아, 쓰벌!'

한빈은 속으로 욕을 토해 냈다. 설마 하는 심정으로 대화를 이어 갔다.

"그래, 정말이다. 파혼한 지가 언젠데."

"대협, 왜 그걸 제게……."

"언제 물어봤어? 너 설마 내가 무소율의 약혼자인 줄 알고 기를 쓰고 덤빈 거냐?"

"그 이유 말고 또 뭐가 있겠소?"

"아!"

한빈이 어이없다는 듯 악비광을 바라보자 그가 조심스럽게 물었다.

"그런데 왜 차였소?"

"왜 내가 차였다고 생각해?"

"음."

악비광은 떨떠름한 표정으로 한빈을 훑어봤다.

한빈은 이제 악비광에 관한 판단을 내려야 했다.

"이봐."

"왜 그러십니까? 대협."

"즐거웠고 이제 우리 웬만하면 마주치지 말자."

진심이었다.

여자 때문에 정신 나간 소처럼 달려드는 놈과 더는 할 말이 없었다.

악비광은 끔뻑이며 물었다.

"그게 무슨 말씀입니까?"

"오해하고 창부터 찔러 넣는 녀석하고 무슨 말을 하냐?"

"흠."

악비광이 다시 헛기침했다.

그러고는 관자놀이를 톡톡 치며 기억을 더듬었다.

한참 동안 말이 없던 악비광이 입을 열었다.

"그런데 말입니다. 대협은 왜 내 도발에 응한 것입니까? 대부분 그런 일이 있으면 왜 그러냐고 묻지 않소?"

"너 같으면 목에 칼이 들어오는데, 가만히 있겠냐?"

"물론 가만히 있지는 않소."

"나도 똑같다."

한빈의 말에 악비광은 다시 기억을 더듬었다.

순간 소름이 등줄기를 타고 내렸다.

한빈의 말이 일정 부분 맞긴 했다.

하지만, 그렇게 악귀같이 싸울 수 있는 대상은 원수밖에 없었다.

'왼쪽 어깨가 꿰뚫렸는데 그걸 무시하고 파고든다? 그런 자가 무림에 있을까?'

그런 자가 있다면 분명……

"또라이!"

악비광은 자신도 모르게 속마음이 튀어나왔다.

한빈의 얼굴이 가뭄을 만난 논처럼 찌그러졌다.

"너 뭐라고 했냐?"

"아, 아무것도 아니오. 그건 그렇고 진짜 파혼이 맞소?"

"그래, 맞으니까. 맘에 들면 들이대 보라고. 열 번 찍어서 안 넘어가는 나무 없다잖아."

"고, 고맙소. 대협."

"대협이라고 하지 마."

"아니오. 악룡비참(岳龍飛斬)을 한 번에 파훼한 인물이 대협이 아니라면 누굴 대협이라고 부르겠소."

한빈은 미간을 좁혔다.

공간을 이동한 듯 창날이 날아들었던 마지막 초식이었다.

범상치 않다 싶었는데, 악가의 비기 악룡비참이었던 것이었다.

그건 그렇고 그게 파훼한 것이라 할 수 있는가?

아마도 자신의 가문을 높이기 위해 한빈을 높이는 느낌이 들었다.

한빈이 말했다.

"그래도 하지 마."

"그럼 대형이라고 부르겠소."

"그건 마음대로 하고. 그런데……."

"왜 그러십니까?"

"그냥 가능한 한 앞으로 보지 말자."

한빈은 등을 돌리고 자신의 상처를 살폈다.

슬쩍 기를 흘려보내자 몸 상태가 느껴졌다.

'어라!'

한빈은 눈매를 좁혔다.

상처를 들춰 보지 않아도 피의 흐름이 원활한 것이 느껴졌다.

용린검법 구결의 효용은 정말 놀라웠다.

그것도 잠시 한빈은 관자놀이를 톡톡 치며 앞으로의 사냥 계획을 세웠다.

중요한 것은 한빈의 사냥감이 늑대가 아니라는 점이었다.

삼 일 후.

한빈의 엄포에도 악비광은 팽가의 막사가 자신의 집인 듯 뻔질나게 드나들었다.

"대형! 저 왔습니다."

밖에서 들리는 소리에 힐끔 고개를 돌리자 악비광이 악가 의 막사에서 들여온 음식으로 팽가 무사들의 환심을 사고 있 었다.

팽가 무사들도 악비광이 싫지 않은 듯 사심 없이 대화를 나누고 있었다.

한빈도 악비광에 대한 안 좋은 인식을 거두기로 했다.

"왜 왔어?"

"우리 막사에 들어온 지원 좀 나누려고요."

"이제 신경 안 써도 되니 그만 와도 된다."

"뭔, 말을 그렇게 섭섭하게 하십니까?"

"그래, 섭섭하다고 하니까 뭐 하나만 묻자."

"말해 보십시오, 대형."

"왜 이렇게 조공을 하는 거냐?"

한빈의 단어 선택은 정확했다.

날마다 가져오는 음식은 조공에 가까웠다.

한빈의 질문에 악비광이 헛기침했다.

"흠."

악비광은 대답은 하지 않고 산적 같은 얼굴을 꿈틀거리며 웃었다.

"왜 그렇게 징그럽게 웃어?"

"징그럽다니요. 이 김에 의형제라도 맺을까요?"

"됐다."

"그럼 내일 또 오겠습니다."

악비광은 멋쩍은 표정으로 막사를 나갔다.

사실 악비광은 아버지의 말을 지키고 있었다.

산동악가의 가주는 미친놈은 꼭 멀리하라고 했었다.

만약 미친놈인데 무공까지 강하다면 눈길도 주지 말라고 했다.

그런데 서로 엮일 경우에는?

친구로 만들라는 것이 가주의 당부였다.

악비광은 그런 이유로 팽가의 막사를 드나들고 있는 것이었다.

악비광이 나가자, 한빈은 찌뿌둥한 몸을 풀기 위해 막사 밖으로 나갔다.

한빈은 자신을 바라보는 여러 쌍의 눈동자가 느껴졌다.

힐끔 보고 지나치는 이도 있지만, 대부분은 잠깐씩 머물러 한빈을 바라보고 있었다.

"저게 하북암룡(河北暗龍)이야?"

"용(龍)을 붙일 만큼 이곳에 강한 후기지수가 있었던가?"

"만류귀종이라잖아. 어떻게 가든 정점을 찍으면 용이라 불릴 만하지."

"무공의 정점을 찍었다는 이야기인가?"

"무공에서 뛰어나다기보다는 암수에 방점을 찍은 거지."

"팽 공자가 암수를 썼어?"

"석화교에서 무가비룡을 꺾은 것도 그렇고 며칠 전에 악비광을 꺾은 것도 그렇고 암수가 아니고서는 불가능한 게 아닌가?"

"오, 듣고 보니 그렇군."

한빈은 자신도 모르게 그 목소리가 들리는 곳을 향해 고개를 돌렸다.

관군 둘이 잡담을 나누다 한빈과 시선이 마주치자, 황급히 자리를 뜨고 있다.

그때였다.

멀리서 대규모의 인원이 막사 쪽으로 걸어왔다.

자세히 보니 가죽옷에 활과 자루를 들고 있었다.

한빈은 그들의 정체에 대해 단번에 알아챘다.

저런 복장으로 다니는 이들은 사냥꾼들밖에는 없었다.

얼핏 봐도 마흔 명 가까이 되는 이들.

그들은 정의맹에 붙여 줄 사냥꾼들이었다.

관군의 막사에 이름을 등록한 사냥꾼들은 하나둘씩 막사에 배치되었다.

팽가의 막사에도 세 명의 사냥꾼이 배치되었다.

심미호가 사냥꾼 셋을 데리고 한빈의 앞에 섰다.

"주군, 우리를 도와 늑대를 잡을 사냥꾼분들입니다."

심미호의 소개가 끝나자 막사로 온 사냥꾼들은 포권하며 한빈에게 인사를 건넸다.

"한동안 잘 부탁드리겠습니다."

"안녕하십니까, 공자님."

"하북팽가와 함께하게 되어 영광입니다."

그들은 포권한 채 고개를 숙이며 꿀이 뚝뚝 떨어질 듯 아부를 늘어놨다.

한빈은 웃으며 마주 포권했다.

"잘 부탁드리겠습니다."

한빈은 미소를 보이다가 살짝 고개를 숙이며 사냥꾼들의 포권한 손을 바라봤다.

그들의 손에서 시선을 뗀 한빈은 보이지 않게 입꼬리를 올리며 막사를 나갔다.

뒤쪽을 바라보며 알 듯 모를 듯한 표정으로 어깨를 으쓱한 한빈은 악가의 막사로 건너갔다.

자기 집처럼 막사로 들어간 한빈은 모두를 쓱 훑어본 뒤 입을 열었다.

"악가의 막사도 시끌벅적하군."

"오셨습니까? 대형."

악비광이 활짝 웃으며 맞았다.

한빈은 악비광과 삼허원뿐 아니라 그곳에 있는 사냥꾼에게까지 잘 부탁한다는 인사를 하고 돌아왔다.

한빈은 그들과 인사를 나누면서도 손에서 눈을 떼지 않았다.

'팽가와 악가에게 배치된 사냥꾼이 다르다는 것은……'

한빈의 입꼬리가 한 단계 올라갔다.

그 미소는 사냥감을 발견한 맹수의 여유였다.

사냥꾼과 무인을 가장 손쉽게 구별하는 방법은 무엇일까?

바로 손에 박인 굳은살이었다.

그럼 둘의 굳은살은 어떻게 다를까?

강호에서 웬만큼 짬밥을 먹은 이라면 구별하기 어렵지 않다.

활시위를 당길 때 생기는 굳은살과 병장기를 잡을 때의 굳은살은 확실히 티가 나기 때문이다.

사냥꾼들에게 공통으로 굳은살이 박여 있는 곳이 두 곳이 있다.

그중 하나가 바로 엄지다.

활시위를 수월히 당기기 위해서는 뿔로 만든 깍지라는 보조 장구를 쓰는데, 뿔 깍지를 끼는 엄지를 보면 활시위를 얼마나 당겼는지가 확실히 구분할 수 있다.

거기에 더해 시위가 지나가는 부분인 검지도 마찬가지다.

'사냥꾼이 활을 사용하지 않는다?'

이 질문에 그럴 수도 있다고 한다면 지나가는 개가 웃을 일이다.

덫과 활을 안 쓰는 사냥꾼은 이 지역에 없었으니까.

한빈은 그런 기준으로 악가에 배치된 사냥꾼을 살펴보고 왔다.

같은 사냥꾼인데도 팽가에 배치된 사냥꾼과 악가의 사냥꾼은 달랐다.

팽가에 배치된 사냥꾼은 무인이었다.

'무인이 사냥꾼으로 위장한다?'

이게 의미하는 것은 한 가지였다.

그들의 사냥감은 늑대가 아니라는 것이다.

앞으로의 일을 상상하며 한빈이 진득한 미소를 피워 냈다.

한빈의 미소를 본 심미호가 물었다.

"무슨 좋은 일이라도 있으세요?"

"비밀이야, 심 부대주."

"너무하세요."

"뭐가 너무하다는 거지? 부대주."

"저 주군 오른팔이잖아요."

"언제부터?"

"너무하시네요."

"그럼 그렇다고 치고."

"인정하신 거죠? 그래서 하는 말인데 오른팔에게 비밀이 어디 있나요?"

"오른팔도 너무 많이 알면 다쳐."

"헉, 진짜 너무하세요."

심미호가 눈꼬리를 치켜떴다. 친해졌는지 스스럼없이 농

담을 하는 심미호를 한빈은 재미있다는 듯 바라봤다.

그때였다.

수레바퀴 굴러가는 소리가 울렸다.

드르륵.

고개를 돌려 보니 짐마차 하나가 천천히 한빈의 막사 쪽으로 오고 있었다.

마차는 한빈의 막사 앞에서 멈췄고 조용히 짐을 내려놓기 시작했다.

막사 옆에 쌓인 상자를 보던 심미호가 마차에서 내린 책임자에게 물었다.

"이게 대체 뭐죠?"

"저도 이곳으로 짐을 옮기라는 지시만 받은 거라서 잘 모르겠습니다."

심미호가 고개를 갸웃하고 있을 때 한빈이 말했다.

"이거 전부 내가 주문한 거야. 그때 심 부대주가 천리 표국에 주문서 넣었잖아."

"이게 대체 뭔가요?"

"늑대를 잡을 사냥 도구!"

"사냥 도구요?"

"열어 봐."

한빈의 말에 심미호는 조심스럽게 상자를 열었다.

"이게 대체……."

심미호가 말끝을 흐렸다.

상자 안에는 식자재들이 가득했기 때문이다.

천화루에 주문 서찰을 넣은 것은 그녀였지만, 서찰의 내용까지는 몰랐었다.

심미호가 황당하다는 듯 상자를 바라보고 있을 때 한빈이 어깨를 으쓱하더니 말했다.

"먹고 죽은 귀신이 때깔도 좋다잖아. 그리고 이건 사냥꾼 양반들에게 드리고."

한빈이 상자 몇 개를 가리켰다.

심미호가 화들짝 놀라 물었다.

"이렇게 많이요? 대체 돈이 어디서 나서요?"

"지난번에 묵철 판 거 많이 남았어."

물론 거짓말이다.

지금 부탁에 쓰인 대금은 천수장 매입 대금에 얹어 선금으로 지불했다.

한빈이 씩 웃자, 심미호가 뜨악한 표정으로 눈가를 떨었다.

그걸 본 한빈이 품에서 서찰 하나를 꺼냈다.

"시간 날 때 이거 읽어 봐."

"지금 읽을게요."

심미호는 서찰을 받고 나서 바로 읽기 시작했다.

서찰을 읽고 난 심미호가 빙긋 웃었다.

"저만 믿으세요."

서찰에는 앞으로의 행동 지침이 적혀 있었다.

분명 당황할 만도 한데 심미호는 아무 일도 아니라는 듯 웃기만 했다.

서찰을 다 읽은 심미호는 아무렇지도 않게 막사 옆 화로에 서찰을 던져 넣었다.

잠시 주위를 둘러보던 심미호는 사냥꾼들이 모인 곳을 바라보며 미소 지었다.

"고생 많으신데 이거 받으세요."

심미호가 기름종이에 싸인 물건을 건네자 사냥꾼들이 눈을 크게 뜨며 물었다.

"이게 다 뭡니까?"

"고기는 지금 드시고 육포는 넣어 두세요. 그리고 이건 향신료……."

심미호가 별것 아니라는 듯 말하자 사냥꾼들이 고개를 숙였다.

"이걸 다 저희에게 주시는 겁니까?"

"남아서 주는 거니 부담은 갖지 마세요. 내일부터 이어질 늑대 사냥 때 잘 부탁드립니다."

말을 마친 심미호는 조용히 뒤돌아섰다.

한빈의 말대로 물건을 전달하고 온 심미호는 고개를 갸웃했다.

사냥꾼에게 낯선 느낌이 들었다.

'저들의 정체가 과연 뭘까?'

의문도 잠시, 심미호는 고개를 흔들었다.

한빈의 옆에 있으며 많은 것을 느꼈다.

첫째는 보이는 것이 다가 아니라는 것.

둘째는 주군인 한빈의 행동에는 뭔가 이유가 있다는 것이
다.

그때 한빈은 자신이 특별히 부탁한 행낭을 들고 막사로 들
어갔다.

행낭을 풀자 쪽지 하나가 눈에 띄었다.

한빈은 재빨리 쪽지를 펼쳤다.

-흑천(黑天)

한빈이 미소를 지었다.

이것은 천리 표국에서 주는 선물이었다.

대가 없이는 절대로 정보를 주지 않는 암상이 한빈에게 호
의를 베푼다?

이것은 부탁하지도 않은 선물이었다.

이런 고급 정보를 줬다는 것은 낭인왕이 한빈에게 호의를
가지고 있다는 뜻이었다.

왜일까?

전생에도 첫 만남부터 낭인왕은 자신에게 호의를 베풀었었다.

뭐, 자신에게 잘해 준다는데 말릴 필요는 없었다.

어깨를 으쓱한 한빈은 모닥불에 쪽지를 던져 넣었다.

❦

늑대 토벌 임무에 사냥꾼이 배치되자 관군과 정의맹 무사를 중심으로 한 인원은 정문산으로 올랐다.

그들의 임무는 절호곡에서 정문산까지 활동하는 늑대를 토벌하는 것이었다.

절호곡의 늑대들은 특징이 있었다.

바로 몸 전체에 잿빛 줄무늬를 띠고 있다는 것이다.

게다가 몸집은 보통 늑대의 두 배나 되었다.

잿빛 늑대 한 마리와 일류 무사 하나가 비슷한 전투력을 가지고 있다는 소문도 돌았다.

무인이라면 늑대의 강함에 침을 흘릴 테고.

사냥꾼이라면 늑대 목에 걸린 현상금을 탐낼 것이겠지만, 한빈은 잿빛 늑대 사냥은 일찌감치 포기했다.

한빈이 사냥해야 할 것은 늑대가 아니었으니까.

임무의 특성상 스무 개로 나눠진 무리가 정문산에 포위망을 구축했다.

정의맹 무사들과 관군을 보조하면서 늑대들을 모는 것이 사냥꾼들의 임무였다.

삐익!

뿔피리 소리가 울리자 임무에 투입된 무사들이 포위망을 좁혀 갔다.

얼마나 지났을까.

잿빛 늑대가 눈에 띄기 시작했다.

사냥꾼들이 활시위를 당기기 시작했다.

픽! 픽!

하지만, 화살은 빗나가기 십상이었다.

잿빛 늑대의 움직임을 보니 일류 무사와 경지를 비교할 수 있을 정도였다.

그렇다고 기회가 없는 것은 아니었다.

묘하게도 그중에는 사람을 겁내지 않는 늑대가 있었다.

무리 생활을 하는 늑대가 홀로 움직인다는 것은 예상 밖이었다.

펄쩍!

사냥꾼을 향해 달려드는 늑대를 심미호가 횡으로 그었다.

하북팽가의 왕자사도 초식이다.

왕이 들어가는 이름 그대로 횡적 움직임을 중시한 도법이며, 주로 수비에 쓰인다.

왕 자를 쓰기 위해서는 사 획이 필요하다.

횡으로 긋는 삼 획과 종으로 긋는 한 획의 조화.

심미호는 왕자사도의 초식으로 다가오는 늑대의 앞발을 베었다.

끼깅!

마치 몽둥이를 맞은 개처럼 늑대가 꼬꾸라졌다.

동시에 심미호의 도가 아래로 향했다.

빡!

두개골 으깨지는 소리에 한빈이 사냥꾼들에게 외쳤다.

"늑대의 사체를 정리하시죠!"

사냥꾼이 사냥용 박도를 꺼내 잿빛 늑대의 머리를 취했다.

한빈은 유심히 그들의 칼 놀림을 봤다.

서걱!

목을 긋는 그들의 동작에서는 분명 살수의 향기가 진하게 묻어났다.

기척은 숨겼지만, 동작 하나하나에 묻어 나오는 직업의 향기.

한빈이 속으로 웃었다.

'날 물로 보네.'

하긴, 그들이 보기에 한빈은 무림 초출.

그렇게 경계할 필요는 없다고 생각할 것이다.

수풀 사이를 비추던 태양이 서쪽 너머로 사라지려 할 때 옆에서 신호가 울렸다.

땡! 땡!

포위망을 구축한 채 현재 위치에 그대로 머무르라는 신호였다.

한빈이 눈짓하자 심미호도 관군에게 받은 종을 울렸다.

땡!

종소리가 산자락을 뒤덮자 늑대 사냥에 열을 올리던 무사들도 동작을 멈췄다.

하지만, 한빈의 사냥은 지금부터였다.

모닥불을 미리 피워 놓고 야영 준비에 들어간 팽가 식구들의 옆에 한빈이 털썩 앉았다.

한빈이 심미호에게 말했다.

"심 부대주, 부탁이 있는데."

"말씀하세요. 주군."

"아무래도 하북팽가의 면이 안 서는 것 같아서……."

"그게 무슨 말씀이신지요?"

"다른 가문과 문파에서 잡은 늑대에 비하면 양이 너무 적잖아."

"사냥이 끝나려면 아직……."

"그래도 그게 아니잖아. 내가 늑대 좀 몰아올게."

한빈의 말에 다른 무사들과 사냥꾼들이 웅성댔다.

"지금 산을 오르신다고요?"

"공자님, 너무 위험해요!"

수호사대에서 나온 무사가 황급히 말리자 한빈이 손을 내저었다.

"괜찮다."

말을 마친 한빈이 심미호에게 턱짓했다.

"심미호 부대주와 동행하겠다."

"준비하겠습니다."

심미호는 당황하지 않았다.

모든 것이 한빈이 말해 준 계획에 있었기 때문이다.

준비를 마친 둘은 어둠이 내린 산자락을 천천히 걷기 시작했다.

주변을 둘러본 심미호가 물었다.

"주군, 살수라니 대체 무슨 말씀이에요?"

"우리에게 온 사냥꾼 셋 다 살수처럼 보인다."

"착각하신 거 아닌가요? 아무리 봐도 평범한 사냥꾼으로 보이는데요."

"심 부대주는 그들의 손을 봤나?"

"손이라고요?"

"그들의 손은 일반 무인과 전혀 다르더군. 나중에 심 부대주의 손과 사냥꾼들의 손을 살펴보면 알게 될 거야."

"……."

심미호는 고개만 갸웃했다.

난데없이 손을 비교해 보라니 이해가 안 됐던 것이다.

그러나 한빈은 뭔가 더 생각난 듯, 계속해서 설명했다.

"그리고 강북 지역 사냥꾼의 근육은 한쪽이 비정상적으로 발달해 있지."

"근육이요?"

"활을 당기고 상상을 초월하는 장력의 덫을 놓으려면 한쪽 어깨의 근육을 한계까지 써야 하니까. 무공을 익힌 무인과는 외형부터 다르니 구별하기가 힘들지는 않지."

"아."

이번에는 심미호가 고개를 끄덕였다.

그럴듯해 보였기 때문이다.

문제는 자신도 모르는 이런 구별법을 주군인 막내 공자가 어떻게 아느냐는 점이다.

그때였다. 한빈이 주위를 두리번거리더니 등에 멘 행낭을 풀었다.

한빈은 주변에 떨어진 돌과 나뭇가지를 주워서 모닥불을 피울 장소를 만들고 화섭자로 불을 붙였다.

"주군, 차라리 돌아가서……."

"잠시만."

한빈은 행낭에서 의복을 꺼냈다.

심미호가 호기심 가득한 표정으로 물었다.

"옷 갈아입으시게요?"

"아니."

고개를 흔든 한빈은 근처에 있는 굵은 나뭇가지 몇 개를 주웠다.

한빈은 나뭇가지에 옷을 입히더니 이내 앉아 있는 사람 모양으로 만들었다.

한빈의 행동에 심미호가 호기심 가득한 표정으로 물었다.

"뭐 하시는 거예요?"

"사냥?"

"늑대를 이렇게 잡아요?"

"늑대 말고 살수!"

"주군이 아까 말한 사냥꾼이요? 그들이 왜 여기로 와요?"

"기다려 보면 알아. 환영 인사를 하려면 양념도 좀 쳐야지."

모든 행동을 마친 한빈이 위를 가리켰다.

나무 위로 올라가자는 것이었다.

심미호는 바로 머리 위에 있는 나무로 뛰어올랐다.

한빈도 반대편 나무로 뛰어올랐다.

차 한 잔 마실 시간이 지났을 때였다.

한빈이 반대편 나무 위에 앉은 심미호를 바라봤다.

이제 사냥이 시작되었다는 신호였다.

사사삭.

풀 밟는 소리가 들려왔다.

심미호가 눈매를 좁혔다.

갑작스러운 변화.

이것은 동물의 소리가 아니었다.

분명 사람의 발소리.

불길한 예감이 심미호의 등줄기를 타고 올라왔다.

심미호가 다급히 한빈을 바라봤다.

동시에 심미호가 입을 딱 벌렸다.

주군 한빈이 허허롭게 허공을 올려다보고 있기 때문이었다.

물론 한빈이 보고 있는 것은 용린검법의 초식이었다.

[기본편]

[……]

[응용편]

[전광석화(電光石火)]

[일촉즉발(一觸卽發)]

[쾌검난마(快劍亂魔)]

[인급(人級) 구결 - 회(回)]

지금 쓸 수 있는 초식은 세 개.

동시에 쓸 수 있는 초식은 아직 두 개가 한계였다.

'전광석화.'

'일촉즉발.'

지금 사용할 초식을 재확인한 한빈은 입술에 검지를 댔다.

심미호에게 다시 주의를 준 것이다.

풀 밟는 소리가 들린 뒤 한참 후, 검은 그림자 셋이 모닥불 주변에 나타났다.

셋이 동시에 대롱을 들었다.

픽!

독침으로 보이는 가느다란 바늘이 모닥불 옆에 있는 허수아비에 박혔다.

셋이 동시에 검을 빼 들었다.

그들의 소리는 바람 소리에 묻혀 들리지도 않았다.

한빈이 눈매를 좁혔다.

'일급 살수.'

한빈이 측정한 그들의 경지였다.

검날이 달빛을 받아 시퍼런 예기를 뿜어냈다.

소리 없이 허수아비 뒤로 돌아간 살수 둘은 검을 찔렀다.

그리고 하나 남은 살수는 허수아비의 목을 베었다.

독침을 쓰고 검을 찔러 넣는 것은 눈 깜짝할 사이였다.

뎅강!

힘없이 바닥을 구르는 나무토막!

살수들이 서로를 바라봤다.

이제야 일이 잘못되었음을 느낀 것이다.

우두머리 살수가 외쳤다.

"기습에 대비하라!"

하지만, 한빈이 빨랐다.

나무 위에서 화살처럼 날아온 한빈이 손을 뻗었다.

일촉즉발에 전광석화!

지나가는 풍경이 느릿해 보일 정도였다.

푹!

푸른 검기가 일렁거리는 검이 살수의 목덜미를 뚫었다.

순간 남은 두 명의 살수가 한빈을 향해 검을 그었다.

한빈이 살수 목에 박힌 검을 빼내며 몸을 숙였다.

휙!

살수의 검이 한빈이 있던 자리를 훑고 지나갔다.

뎅강!

그 자리에 있던, 한빈에게 꿰뚫렸던 살수의 목이 달아났다.

난데없는 상황에 동료를 잃은 살수 둘이 천천히 한빈에게

다가오며 복면을 벗어 던졌다.

우두머리 살수가 옆을 보며 나지막이 외쳤다.

"정체를 숨길 필요 없다. 포위하라!"

동시에 우두머리 살수의 검에서 붉은색 검기가 일렁이기 시작했다.

한빈이 눈매를 좁히며 물었다.

"절정?"

"그래, 이제 넌 죽은 목숨이다."

"혹시 내 목이 얼만지 물어봐도 될까?"

"그건 염라대왕한테 물어봐라."

"내가 바빠서 그건 힘들고, 너희가 먼저 가서 안부나 전해 줘."

"소문대로 단단히 미쳤구나."

그들의 대화를 지켜보던 심미호는 몸을 움찔댔다.

이건 위기일발의 상황이었다.

절정의 살수와 주군인 한빈이 붙는다면, 그건 안 봐도 결과는 뻔했다.

하지만, 지금 그녀는 내려가서 한빈을 도울 수 없었다.

내려오지 말고 숨죽이고 지켜보라는 명을 받았기 때문이었다.

한빈이 모닥불 쪽으로 몰리고 있을 때였다.

품속에서 뭔가를 꺼냈다.

놀란 살수 둘이 동시에 한빈을 덮쳤다.

그때 한빈이 아무렇지도 않게 품속에서 꺼낸 물건을 모닥불에 던져 넣었다.

펑!

동시에 주변이 연기가 퍼졌다.

연기 때문에 모닥불 주위에서 모두의 모습이 사라졌다.

자욱한 연기 속에서 한빈의 목소리가 울렸다.

"너희들이 뭘 좋아할지 몰라서 내 취향대로 준비했어."

연기 속에서 검기가 화가 난 듯 일렁였다.

검기의 주인이 외쳤다.

"비겁한 놈!"

"살수한테 비겁하다는 얘길 들으니 기분 좋네. 칭찬 맞지?"

슁!

붉은색 검기가 연기를 갈랐다.

하지만, 한빈의 비명은 들리지 않았다.

대신 웃음소리만 연기 속에서 울릴 뿐이었다.

"하하."

슁!

웃음과 바람 소리가 교차할 때 위에서 이 광경을 지켜보고 있던 심미호가 이를 악물었다.

모든 것이 한빈의 말대로였다.

자신이 낄 자리는 어디에도 없었다.

저 연기 속에서 검기를 피할 수 있을까?

피한다고 해도 그것은 운이었다.

그때 심미호의 고개가 비스듬히 기울어졌다.

일렁이던 붉은색 검기가 점점 약해졌다.

'뭐지?'

심미호가 눈을 가늘게 뜨고 있을 때 붉은색 검기가 사라졌다.

동시에 연기도 서서히 걷혔다.

그러자 두 걸음의 간격을 두고 마주 보고 있는 한빈과 두 명의 살수가 모습을 드러냈다.

한빈이 심미호 쪽으로 고개를 돌렸다.

"이제 내려와도 괜찮아."

"네?"

"괜찮으니 내려와."

한빈의 말에 심미호가 나무에서 내려와 검을 뽑았다.

그런데 절정의 무위를 자랑하던 우두머리 살수의 표정이 이상했다.

인상을 잔뜩 찌푸린 채 숨만 몰아쉬고 있었다.

심미호가 한빈에게 물었다.

"주군, 이게 어떻게 된 일입니까?"

"산공독에 다른 독도 좀 섞었지."

"네?"

깜짝 놀란 심미호가 손을 내젓자 한빈이 말했다.

"아, 우리는 괜찮아."

다음 권으로 이어집니다

ROK
MEDIA
로크미디어

魔帝南宮客 남궁마제

문운도 신무협 장편소설

회귀한 뇌왕, 가족을 지키기 위해
정파의 중심에서 제대로 흑화하다!

세상을 뒤집으려는 귀천성에 맞서 싸우다
가족을 모두 잃고 제물로 바쳐진 뇌왕 남궁진화
마지막 순간 원수의 뒤통수를 치고 죽으려 했으나
제물을 바치는 진법이 뒤틀리며 과거로 회귀하다!?

남궁세가의 양자가 된 어린 시절로 돌아온 후
귀천성이 노리는 자신의 체질을 연구하다 기연을 얻고
회귀 전과 다른 엄청난 미모와 함께
뇌전의 비밀마저 알아내 경지를 뛰어넘는데……

가족들에게는 꽃처럼 사랑스러운 막내지만
적이라면 일단 패고 보는 패악질의 끝판왕!
귀천성 때려잡기에 나서다!